말, 영혼을 울리다

말

영혼을
울리다

김영범 지음

마을을 움직이고
생명을 살리는
말 한마디의 힘

문예춘추사

Contents

"목사님은 방송국에서 오래 계셨으니 말씀을 참 잘하시겠네요?"

방학 때면 교회 중고등부 학생들이 가끔 CBS에 견학을 옵니다. 어느 날 견학 온 남학생 하나가 설명은 잘 안 듣고 장난만 치다가 불쑥 제게 질문을 던졌습니다.

처음에는 설교를 잘하느냐는 의미로 알아듣고 "설교를 잘할 자신이 없어서 기관 목회를 하고 있단다"라고 대답했더니, 학생이 "아니요, 설교 말고 그냥 사람들하고 하는 말이요" 했습니다. 그러면서 말을 잘 하니까 방송국에 있는 게 아니냐고 물었습니다. 거의 4~5년 전에 들었던 이야기지만 지금도 그 말을 떠올리면 등이 서늘해집니다.

"당신 목사 맞아요?" 가족들과 함께 차를 타고 가다가 갑자기 끼어드는 차를 향해 나도 모르게 창문을 내리고 큰소리로

욕을 하거나, TV에 나오는 가정 파괴범에 대한 뉴스를 보다가 "저런 놈은 아주 공개적으로 죽여 버려야 해" 하고 막말을 하는 내게 아내가 한 말입니다. 문제는 한두 번이 아니라는 데 있습니다.

우연히 TV에서 본 장면이 저의 말투를 완전히 바꿔 놓았습니다. 유리병 안에 밥을 조금씩 넣고 한쪽에는 계속 "사랑해" "고마워" 같은 긍정적인 말을, 다른 한쪽에는 "미워" "나빠" 같은 부정적인 말을 속삭였습니다. 며칠이 지난 뒤 열어 보니 "사랑해"를 속삭인 유리병 안의 밥은 곱게 뽀얀 곰팡이가 피었고, "미워"를 속삭인 유리병 안의 밥은 까맣게 썩어 버렸습니다.

오래전에 일본에서 어떤 사람이 꽃을 가지고 비슷한 실험을 했다는 이야기를 들은 적이 있었는데, 제 눈으로 직접 확인하고 보니 정말 놀라 자빠질 일이었습니다. 말하는 일을 주업으로 삼는 목사가, 그것도 방송국에서 일하는 목사가 '말'에 대해 이렇게 무심했다니…….

그날 저는 밤 늦게까지 성경 사전을 들고 성경에 나오는 '말'에 대한 말씀을 한 구절 한 구절 살펴보다가 깜짝 놀랄 말씀을 발견했습니다. '그들에게 이르기를 여호와의 말씀에 내 삶을 두고 맹세하노라 너희 말이 내 귀에 들린 대로 내가 너희에게 행하리니 너희 시체가 이 광야에 엎드러질 것이라'(민수기 14:28~29). 예전에 수십 번을 통독했고 이 말씀으로 설교도 한 적이 있어 무슨 내용인지 너무 잘 알고 있습니다. 여호수아와 갈렙의 보고가 나머지 사람들의 보고와 달라서 결국 20세 이하의 젊은 사람과 여호수아와 갈렙만 가나안 땅에 들어갈 수 있었다는 설교를 하면서도, 정작 그들의 '말'에는 집중하지 않았습니다.

그날 이후 저는 말을 새롭게 공부하기 시작했습니다. 책이나 신문을 읽다가 말에 관한 내용이 나오면 무조건 스크랩했고, 어떻게 하면 말을 잘할 수 있을까 궁리하기 시작했습니다. 그러다가 어느 날 문득, 말을 잘한다는 것은 결국 말로 영혼을 살리고 세워 주는 것임을 깨닫게 되었습니다. '그래 이제부터는 영혼을 세워 주는 말을 하자!' 설교할 때도 가능한 한 세워 주는 말을 하려고 노력했고 영화나 드라마를 보면서도 사람 사이에 진정 서로를 살리고 세워 주는 말이 무엇인지 관심을 갖게 되었습니다. 그러면서 제가 느낀 점을 글로 써서 주보에 '살며 생각하며'라는 제목으로 하나씩 올리게 되었습니다.

평소 가까이 지내던 박명철 작가가 "이 글들을 책으로 묶어서 내면 좋겠다"라고 강권했지만 "내가 무슨……." 하고 무심하게 지냈습니다. 그러다가 올가을에 오래된 친구들과 만나 이런저런 이야기를 하다가 "20년 넘게 방송국에서 일한 목사는 아마 당신이 유일하다"라는 한 친구의 말에 용기를 얻어 부끄러운 마음과 두려운 마음을 꿀꺽 삼키고 이렇게 책을 내게 되었습니다. 앞으로 말을 더 잘해야겠다고 다짐하면서.

Chapter 01

따뜻한 말 한마디의 힘

돌직구는 충격만 주지만
따뜻한 말은 변화를 가져온다

"충분히 그럴 수 있어"

드라마 〈하트 투 하트〉에서 차홍도(최강희 분)라는 아가씨는 대인기피증이 심해 헬멧을 쓰거나 할머니로 변장하지 않으면 문밖을 나서지 못합니다. 차홍도를 사랑하는 고이석(천정명 분)은 정신과 의사인데 정작 본인이 강박증을 앓고 있습니다. 심할 경우에는 혼자서 환자를 만나기 어려울 정도입니다. 하지만 왠지 모르게 차홍도가 옆에 있으면 마음이 편안해집니다.

두 사람은 어릴 적 함께 숨바꼭질하며 뛰어놀던 동네 친구였지만 서로를 알아보지 못합니다. 어린 시절 홍도의 이름은 영지였습니다. 세월도 흐르고 이름도 바뀌었으니 서로를 알아보기 힘들었겠지요. 홍도의 할머니는 이석의 집에서 가정부로 지내면서 손녀 영지를 키웠습니다. 착하고 귀여운 영지는 이 집의 쌍둥이 형제 일석과 이석에게 사랑받는 소녀였습니다.

그러던 어느 날 끔찍한 사고가 일어납니다. 영지와 쌍둥이 형제는 집 앞 공터에서 여느 때처럼 숨바꼭질하고 있습니다. 영지가 술래입니다. 쌍둥이 형제는 공터의 낡은 창고 안으로 들어갑니다. 형 일석은 창고 안에서 빈 독을 발견하고는 그 속에 들어가 숨습니다. 동생 이석은 일석이 숨은 독의 뚜껑을 덮어 주고 자신도 얼른 다른 곳에 몸을 숨깁니다.

잠시 후, 영지는 숨어 있는 오빠들을 찾아 공터를 이리저리 돌아다닙니다. 이때 무슨 이유인지 창고에서 불길이 치솟기 시작합니다. 이석은 몸을 피했지만 일석은 독의 뚜껑을 열고 나오지 못한 채 숨져 갔습니다. 이석과 일석이 열두 살 때였습니다. 누가 불을 냈을까요? 사고 현장을 목격한 이석의 부모는 영지를 범인으로 지목합니다. 결국, 할머니와 영지는 이 집 장남을 죽인 방화범이 되어 사람들의 손가락질을 받으며 경찰차에 실려 갑니다.

20년 가까운 세월이 흘러 이석은 차홍도로 이름을 바꾼 영지와 다시 만나게 되고, 어찌하다가 둘은 사랑하는 사이로 발전합니다. 하지만 두 사람은 예정된 운명처럼 모두가 잊고 싶어 하던 그 화재의 상황을 다시 직면합니다.

이석에게는 또 다른 상처가 있습니다. 자기가 독의 뚜껑을 꼭 닫는 바람에 형 일석이 밖으로 빠져 나오지 못하고 죽었다는 죄책감이었습니다. 그 죄책감이 강박증으로 나타난 것입니다.

이석이 자신의 강박증을 잘 아는 정신과 선배 의사와 나눈 대화에서, 저는 '따뜻한 말 한마디의 힘'을 발견합니다.

선배 의사 형을 죽인 사람을 사랑해서 괴로워?

고이석 차홍도의 대인기피증은 그 화재 사건 때문이었겠죠? 그때 영지, 경찰차에 실려 갈 때 사람들이 엄청 손가락질하고 쑥덕댔어요. 갑자기 영지에서 홍도로 이름이 바뀌고, 그 모든 게 상처가 됐을 거예요. 사람들은 영지가 형을 죽였다고 생각하겠지만 실은 내가 그런 거예요. 내가 형을 죽여서 홍도도, 그 할머니도 불행하게 사신 거예요.

선배 의사 아니야. 너 왜 그렇게 생각해?

고이석 그 독 안에서 형이 안 나왔으면 좋겠다고 생각했어요. 꼭 눌러 닫으면서 '이 자식 영영 안 봤으면 좋겠다' 했었어요. 왜냐면요? 다 샘이 났어요. 형이 나보다 뭐든 잘하는 게 미워서 다 싫었어요.

선배 의사 너도 열두 살이었어. 너 열두 살짜리 사내 녀석 본 적 없어? 어려. 당연히 그럴 수 있어. 너 자신한테 왜 이렇게 가혹해? 너도 어렸다고. 너 그리고 솔직히 그동안 진짜 잘해 왔어. 그러니까 이젠 그만 용서하자. 열두 살짜리 고이석, 이제 용서해주자. 너 자신을 용서하지 못하는데 어떻게 다른 사람을 용서해 줄 수 있어? 용서는 자신이 먼저 하는 거야.

세월은 흘렀고, 이제 산 사람들은 어떻게든 살아야 합니다. 그런데 살고자 하면 용서해야 합니다. 그가 누구든, 심지어 자기 자신이라도 용서하고 잊고 놓아 줘야 하죠.

용서로 나아가는 '따뜻한 말 한마디'는 바로 이것입니다.

"당연히 그럴 수 있어."

사람이니까 당연히 그럴 수 있습니다. 하나님이 우리에게 가르쳐 주신 말은 비난하고 헤집고 할퀴는 말이 아니라 용서하는 말입니다. 사람은 누구나 아무리 잘난 체하더라도 못나고 나약해서 어쩔 수 없는 존재입니다. 그래서 사람을 세우고 살아가도록 하려면 용서의 말을 할 수밖에 없습니다. 당연히 그럴 수 있어, 라고 말입니다.

드라마 이야기를 꺼낸 김에 좀 더 이야기해 볼게요. 놀라운 건, 그날의 사고 이후 홍도와 할머니는 물론 이석네 가족까지도 고통과 상처로 힘겨운 시간을 보내야 했다는 거예요.

사고 이면의 진실은 영지와 할머니가 쫓겨날 때 모두가 알고 있던 것과는 딴판이었습니다. 쌍둥이 형제의 엄마 아빠가 그날 같은 시각에 부부싸움을 하고 있었어요. 엄마는 아빠로부터 도망쳤고, 아들이 숨은 그 창고에 들어가 문을 잠그고 숨었습니다. 이건 정말이지 심각한 숨바꼭질이었지요. 아빠는 엄마를 뒤따라왔고, 문을 우악스럽게 흔들어도 열리지 않자 엄마에게 겁을 주려고 창고에 불을 질렀습니다. 그랬던 겁니다. 엄마는 불을 피해 뛰쳐나왔는데 거기 아들이 있었다는 사실은 까맣게 몰랐던 거죠.

이렇게 아들을 죽인 엄마와 아빠는 그날의 모든 잘못을 가정부의 어린 딸 영지에게 뒤집어씌운 채 면죄부를 얻으려 했던 거예요. 그렇게 하도록 시킨 사람은 이석의 할아버지였고, 그 일로 엄마는 우울증을 앓기 시작했으며, 아빠는 집을 나가 버렸습니다. 홀로 남은 이석은 자신이 뚜껑을 덮은 사실 때문에 죄책감으로 강박증에 시달렸고요.

이석의 집에서 쫓겨난 할머니와 영지는 아무도 모르는 곳에 가서 사람들의 눈을 피해 살아야 했습니다. 홍도는 그때의 충격으로 심각한 대인기피증에 시달리게 되었고, 할머니가 세상을 떠난 뒤엔 할머니의 신분으로 위장하며 살았습니다.

우연히 일어난 사건 하나가 이렇게 많은 사람에게 상처를 남겼고, 그 속에는 위선과 탐욕과 치욕이 덕지덕지 붙어 있었습니다. 사람들은 모두 이기적이어서 자신의 기억을 바꾸고자 했지만, 진실은 머릿속에서 떠나지 않고 늘 괴로움을 주었습니다. 기가 막힌 운명이지요. 세월이 지나고 나면 비로소 그 운명 속의 진실은 드러나게 마련입니다. 그다음에 남는 건 후회뿐입니다. 누군가는 억울해서 꺼이꺼이 울 테죠.

사람이 살아가는 게 그렇습니다. 사람이니까 그렇습니다. 사람이니까 그럴 수 있습니다. 그래서 용서할 수밖에 없는 존재가 사람입니다.

독한 혀들의 전쟁

오프닝 멘트부터 대놓고 '독한 혀들의 전쟁'이라고 소개하는 시사 예능 프로그램이 있습니다. 이 프로그램은 패널들의 멘트가 독하면 독할수록 더욱 빛이 납니다. 비판하더라도 점 잖게 에두르기보다 스스럼없이 있는 그대로 쏘아붙이고, 거기서 시청자들이 쾌감을 느끼게 한다는 설정입니다. 독설이 오락의 한 방법일 수 있는지는 생각해 볼 문제지만, 무엇보다 사람이라는 존재가 누군가의 독설을 견딜 만큼 강하고 독한지 깊이 고민해 보아야 합니다.

스스럼없이 있는 그대로 쏘아붙이는 말을 '돌직구'라 합니다. 네티즌들이 함께 만드는 사전 〈위키백과〉에 따르면, '돌직구'라는 말은 원래 야구에서 나왔다고 합니다. 삼성라이온즈의 오승환이라는 투수가 경기를 3점 차 이상으로 이기고 있을 때 경기를 마무리하기 위해 등판해 던지는 공이 바로 '돌직구'입니다. 기교를 부리거나 속이거나 피하지 않고 마치 '칠 테면 한번 쳐 봐' 하는 자세로 가운데 직구를 던집니다. 그것도 공이 돌처럼 묵직해 방망이에 맞히기도 어렵고 맞아도 멀리 나가지 않습니다. 관중들도 오승환 선수가 등판하면 모두 환호하며 그의 공 하나하나에 주목합니다.

야구에서 유래된 이 말이 최근에는 '직설적 표현'을 뜻하는 화법 용어로 사용되고 있습니다. 대부분 우리는 대화를 나눌 때 너무 직설적으로 말하면 상대방이 상처를 받을 수 있으니

가능하면 부드럽게 말하고자 애쓰지요. 하지만 요즘에는 돌직구를 날리는 사람들을 무례하게 보기보다 오히려 개념 있는 사람으로 치부합니다. 돌직구를 잘 날리는 사람에게 주목하는 이상한 분위기가 생겨났습니다.

우리는 '독한 혀들의 세계' 속에서 살고 있습니다. 몇 해 전 〈나꼼수〉라는 팟캐스트 방송은 돌직구에 욕설까지 더해 정치 풍자 방송의 혁명을 일으켰습니다. 대단한 반향을 일으켰지요. 정치적인 편향까지 더해 그야말로 신드롬을 몰고 올 정도였습니다.

그러나 그만큼 부작용도 컸습니다. 〈나꼼수〉의 애청자는 대개 젊은 층이었는데, 그 무렵 포스팅 된 블로그들을 보면 자연스럽게 〈나꼼수〉식 말투가 유행한 걸 알 수 있습니다. 심지어 한 직장인은 〈나꼼수〉에 중독돼 달라진 자신의 말투를 우려하는 내용의 글을 올리기도 했습니다. 대화 속에서 '졸라' '시발' '빅엿' 등의 단어가 자주 나타난다는 것이지요. 〈나꼼수〉가 끼친 긍정적인 영향에도 불구하고 정제되지 않은 언어들이 생활 속에 급속히 파급되면서 우리의 대화 문화에 품위와 여유를 잃어버리게 된 건 유감스럽습니다.

연예인들은 인터넷 댓글에 상처를 받아 정신과 치료까지 받는 경우도 많다고 하지요. 연예인이 공인이라 하더라도 과연 그들을 향해 돌직구를 던져 상처를 입히는 것이 모두 '무죄'이기만 할까요? 한번 생각해 볼 문제입니다. 게다가 공인이라는 사람들을 향해 독설을 퍼붓는 근거는 겉으로 드러난 뉴스뿐이지만, 그 뉴스 또한 허구를 내포하는 경우가 많습니다. 돌을 맞고 있는 사람 편에서 보면 틀림없이 억울한 부분이 있게 마련이라는 이야기지요. 아무리 공인이라 하더라도 '어디 한번 맞아 봐라'는 식으로 돌을 날려서는 안 됩니다.

누군가는 '힐링'이라는 말이 유행하는 게 못마땅하다고 말합니다. 베스트셀러 작가로 유명한 어느 철학자는 예전에 〈힐링캠프〉라는 TV 프로그램에 출연해 대놓고 '힐링 무용론'을 주장했습니다.

요약하면 이렇습니다. '힐링'은 결국 '위로'나 다름없는데, 달콤한 위로 한마디로 어떻게 세상의 험한 벽을 넘을 수 있겠느냐. 본질적인 것을 가르치지 못하면 미봉책일 뿐이다. 상담할 때도 위로를 하려고 하기보다 당장 고통스럽더라도 진실을 대하도록 만들어 주어야 한다. 그러면서 그는 출연자 중 한 여성이 병들어 퇴직한 아버지를 걱정한다고 말하자, 그게 본질이 아니다, 본질은 나이 들어 낯선 아버지를 귀찮아하는 당신의 마음이다, 그렇게 돌직구를 날립니다. 그동안 돈 버느라 아버지의 자리에서 벗어나 '모르는 사람'이 되어 버린 당신의 아버지를 이해해 나가는 시간이 필요하다고 말했습니다.

가만히 들어 보면 '아 그렇겠구나' 하는 생각이 들면서도 마음 한편은 불편해집니다. 이런 불편한 마음을 정신과 의사인 김병수 선생은 다음과 같이 설명해 주더군요.

요약하면 이렇습니다.

돌직구와 따뜻한 말 한마디, 무엇이 우리에게 더 중요할까요?
아니, 무엇이 더 필요할까요? 당장은 고통스럽더라도 자신의
'민얼굴'을 보아야 하고 진짜 문제를 드러내야 한다고 하지만
저의 생각은 다릅니다. 사람은 그렇게 강하지 않습니다. 아니,
강할 수 없습니다. 자신의 민낯을 아무렇지 않게 바라볼 수 있
는 사람은 그렇게 많지 않습니다. 사람은 잘 변하지 않습니다.
내 모습은 내 의지로 형성된 것보다 부모님께 물려받은 유전자
에 의해 결정된 부분이 생각보다도 훨씬 큽니다. 더욱이 지금
내 모습은 수십 년에 걸친 역사 속에서 형성된 것인데 이것이
돌직구 한 방으로 변할 수 있을까요? 사람들은 대부분 자신의
약점이 무엇이고, 심리적 결핍이 무엇인지 스스로 알고 있습니
다. 나이가 들면 자기 문제의 본질을 자연스럽게 알게 됩니다.
그런데 이런 문제들을 몰라서 못 고치는 것일까요? 아닙니다.
알면서도 어쩔 수 없어서 자신의 불완전하고 부족한 점들을 안
고 사는 경우가 대부분입니다. 돌직구는 지치고 상처 입은 사
람에게 자신의 문제를 단칼에 잘라 버리라는 말인데 이건 안
되는 일을 부추기는 것밖에 되지 않습니다. 현실에서는 일어나
기 힘든 일입니다.

저는 김병수 선생의 말에 동의합니다. 그는 우리 인간이 얼

마나 연약한 존재인지 잘 아는 것 같습니다. 예수님도 끊임없이 용서하라고 가르쳤고, 그러다가 사람은 끊임없이 용서할 수 없는 존재이니 예수님 당신이 십자가를 통해 이 일을 떠맡은 것인지도 모릅니다. 우리는 그런 존재입니다. 돌직구는 그런 우리에게는 어울리지 않는 방식인 것 같습니다.

귀할수록 귀한 그릇에 담는다

어느 교단의 총회 홈페이지 게시판에 올라온 글을 읽다가 거기 쏟아낸 거친 표현들 때문에 놀란 적이 있습니다. 홈페이지 회원들이 대부분 목회자라는 사실을 생각하니 더 충격적이었습니다.

게시판의 글은 교단의 한 지도자를 비판하는 글이었는데, '쓰레기' '재수 없는' '민낯' 등의 단어들을 사용해 그야말로 언어로 할 수 있는 모든 폭력을 행사했습니다. 도저히 글로 옮기기 어려운 욕설들로 댓글을 이어 갔습니다. 정제되지 않은 분노와 감정이 그야말로 '생말' 상태로 내뱉은 듯해서, 마치 소화되지 않고 게워 낸 음식물처럼 악취가 났습니다.

물론 이분들의 주장은 나름대로 옳고 때로는 소중했습니다. 아마 옳고 귀한 것을 지키려고 전사(戰士)가 되었을 뿐이라 말할지 모르겠지만, 안타깝게도 그들의 주장은 어느새 자신이 던져 놓은 거칠기 짝이 없는 표현들에 질려 본질은 온데간데

없이 사라져 버렸습니다. 귀한 것일수록 감춰야 한다고 하죠. 귀한 것은 쉽게 때가 묻고 훼손되는 법이니까요. 귀한 것을 담아내는 말의 그릇도 마찬가지입니다. 따뜻하고 품위 있고 조심스러워야 합니다.

만약 주장하는 바가 진리가 아니라, 단지 생각이 다른 경우라면 더욱 조심해야 합니다. 이렇게 생각할 수도 있고 저렇게 생각할 수도 있는 경우가 생각보다 많거든요. 이럴 때는 자신의 주장이 자칫 독선이 되거나 위선이 될 가능성이 크기 때문에 더욱 조심해야겠지요. 남을 배려하지 않는 소신은 '독선'이고, 타인을 의식하는 소신은 '위선'이라고 합니다. 독선과 위선은 적을 만들 뿐입니다. 남을 배려하지 않는 소신도 문제고, 타인을 의식하는 소신도 문제네요. 남을 배려하면서도 진정성을 가진 소신이어야 한다는 말입니다.

더욱이 상처 난 영혼을 보듬고 싸매야 할 성직자라면 입에 담아선 안 될 말들이 있습니다. 죄를 지은 사람조차 품어야 할 사명을 가진 분들이기 때문입니다. 물론 어떤 사안은 날카롭게 비판하고 묵직한 돌직구를 날려야 할 때도 있어요. 그렇더라도 그것은 성직자의 몫이라기보다 그 일을 하도록 부름받은 사람들의 몫입니다. 기자나 평론가가 그들이겠지요.

직업마다 나름의 사명이 있습니다. 직업에는 차이가 있고, 그 차이만큼 말도 달라야 합니다. 기자의 말이 다르고, 목사의 말이 달라야 합니다. 목사는 생각이 다른 사람까지 품어야 하

01 따뜻한 말 한마디의 힘

는 직업이니 다른 생각을 하는 사람을 향해 무턱대고 돌직구를 던질 수만은 없습니다.

"나도 너를 정죄하지 않는다"

어느 날 율법 학자와 바리새파 사람들이 간음하다 잡힌 한 여인을 예수 앞에 끌고 와서 세우고는 이렇게 말합니다.

"이 여자는 간음하다 현장에서 잡혔습니다. 모세의 율법에는 이런 죄를 범한 여자는 돌로 쳐서 죽이라고 했는데 선생님 생각은 어떻습니까?"

예수님은 왜 그들이 지금 이러고 있는지 잘 알고 계십니다. 자신에게 올가미를 씌워 고발할 구실을 찾으려는 것이지요. 예수님은 몸을 굽혀 손가락으로 땅바닥에 무언가 쓰고 계십니다. 답답한 그들이 다시 대답을 재촉하자, 예수님은 이렇게 말씀합니다.

"너희 중에 누구든지 죄 없는 사람이 먼저 저 여자를 돌로 쳐라."

사람들의 손에는 돌멩이가 하나씩 들려 있었지요. 돌멩이를 불끈 쥐었던 손에 힘이 풀리면서 여기저기서 툭툭 돌멩이가 땅바닥에 떨어지는 소리가 들립니다. 그러고는 나이 많은 사람부터 한 사람씩 뒷걸음치다가 자리를 떠납니다.

이제 예수님 앞에는 여인만 남았습니다.

"그들은 다들 어디로 갔느냐?"

예수님이 여인에게 묻습니다.

"아무도 없습니다."

여인이 대답합니다. 그러자 예수님이 말씀합니다.

"나도 네 죄를 묻지 않겠다. 어서 돌아가라. 그리고 이제부
터는 죄를 짓지 말라."

무엇보다 여인에게 "나도 네 죄를 묻지 않겠다"라고 하신 예
수님의 말씀에 주목합니다. 죄를 묻기보다 돌아가 회개할 것
을 부탁하시는 그 말씀이 얼마나 따뜻한지요. 여인이 돌아가
다시는 죄를 짓지 않았는지, 그것까지는 알 수 없습니다. 사람
이란 알고도 죄를 범하는 어리석은 존재이니 말입니다. 그렇
더라도 지금 이 시간만큼은 눈물을 흘리며 진심으로 다짐합
니다. 그래, 다시는 죄를 짓지 말자. 어쩌면 여기까지가 타인이
개입할 수 있는 마지막 영역이 아닐까 싶습니다. 예수님은 여
인이 회개하는 마음에 닿을 수 있도록 도우신 것이고, 그래서
예수님의 대화는 성공한 셈입니다.

귀한 것일수록 감춰야 한다고 하죠.
귀한 것은 쉽게 때가 묻고 훼손되는 법이니까요.
귀한 것을 담아내는 말의 그릇도 마찬가지입니다.
따뜻하고 품위 있고 조심스러워야 합니다.

Chapter **02**

생말보다 침묵

비난과 저주의 생말이
튀어나오려 할 때
침묵해야 한다

디지털 좀비

인터넷 상에서 익명의 댓글들이 살기등등한 비판과 욕설을 퍼붓습니다. '디지털 좀비(digital zombie)'라는 신조어가 나오기도 하지요. 포털 사이트의 트렌드 지식 사전에는 이 용어를 '디지털 기기에 푹 빠져 외부 세계와 절연된 사람을 이르는 말'이라고 정의합니다. 우리나라에서는 '키보드 워리어(keyboard warrior)'라는 표현을 쓰기도 하는데, 특정 이슈를 찾아 사이버 세계를 찾아다니며 나와 정치적 성향이나 생각이 다른 사람을 댓글로 공격하는 사람을 가리킵니다. 원래 '좀비(zombie)'는 아프리카나 카리브해 지역의 전설에 나오는 살아 있는 시체입니다. 디지털 세계에도 이런 좀비들이 죽지 않고 여기저기 몰려다니고 있습니다.

좀비는 떼를 지어 다니고, 깊이 생각하지 않으며, 무한 증식을 반복합니다. '디지털 좀비'도 이런 특성을 그대로 보입니다. 「조선일보」의 2013년 3월 19일 자 기사를 인용하면, '디지털 좀비'는 보수와 진보 성향의 커뮤니티가 대립하면서 생겨났고, 여전히 치열하게 대립하고 있어 지금도 다양한 '디지털 좀비'가 나타난다고 분석합니다. 이 기사에 따르면, 진영 간의 대립을 일삼는 '디지털 좀비'로는 '좌좀', 곧 절대로 고집을 꺾지 않는 '좌파 좀비'와 '우꼴', 곧 말이 안 통하는 '우파 꼴통' 등이 있으며, 특정 커뮤니티 이용자를 정치 성향과 연관 지어 조롱하는 '디지털 좀비'도 있습니다. 예컨대, '일베충(일간베스트+벌레)' '오유선비(오늘의 유머+위선적인 선비)' '홍팍(빨갱이+MLB파크)' '아가리언(아고라인)' 등이 있다고 합니다.

세월호 사건으로 온 나라가 슬픔에 잠겼을 때, 이 문제를 정치적으로 해석해 희생자들에게 입에 담지 못할 악성 발언을 하는 집단도 있었지요. 성적 표현을 사용해 유가족을 조롱하거나, 혐오스러운 사진을 합성해 피해를 본 학교와 학생 전체를 모욕하기도 했습니다. 연예인이나 스포츠 스타 가운데는 자신을 향한 악성 댓글 때문에 심각한 정신병 증세까지 보이는 경우도 많습니다.

충격적인 사실은 이런 디지털 좀비 중에는 그리스도인 행세를 하는 사람들도 있다는 것입니다. 자신의 이념을 종교적 신념처럼 목숨 걸고 지키려는 전사 같습니다. 마치 이슬람 극단주의자로 구성된 테러리스트를 떠올릴 만큼 도를 넘는 발언을 쏟아냅니다. 예를 들기가 두려울 만큼 이미 선을 벗어나 버렸습니다.

슬프게도 이런 사회에서는 이른바 '마녀사냥'이 일상화됩니다. 예를 들어볼까요. 세월호 사건이 일어났을 때 한 여성이 TV 뉴스에서 인터뷰했는데, 그 내용 중에는 구조 요원들을 비난하는 이야기도 있었습니다. 이를 빌미로 방송과 인터넷에서는 이 여성을 악독한 거짓말쟁이로 만들고, 급기야 구속까지 당하게 했습니다. 나중에 법원에서 무죄로 판명이 났지만, 피해 여성은 그야말로 마녀사냥을 당한 셈이었지요.

마녀사냥은 군중의 열기를 이용해 희생자를 만들고, 그렇게 공포 분위기를 조성해 건전한 여론 형성을 불가능하게 만드는 악랄하고도 전근대적인 방식입니다. 마녀사냥은 과거에 유럽에서만 일어난 일이 아니라, 성숙하지 못한 사회에서는 어디서나 권력을 가진 사람이 기득권을 위해 자주 애용하는 방식이기도 합니다. 가짜 뉴스를 흘려 군중을 광기 속으로 몰아넣고, 이성적인 판단이 불가능하게 만든 뒤에 한 사람을 공공의 적으로 몰아넣습니다. 이 낡고 어리석은 행태가 21세기에도 일어날 수 있다는 사실이 우리를 슬프게 만듭니다.

그런데 21세기의 마녀사냥에는 다름 아닌 디지털 좀비가 크게 기여하고 있습니다. 이들은 마치 마녀사냥의 바람몰이를 하는 전위대 같습니다. 사람들이 이성적으로 판단할 수 없도록 광기를 불러일으키고, 끝내 희생자를 만들어 누군가의 권력 유지를 돕습니다. 그 어리석음이 큰 해악을 가져오기 때문에 디지털 좀비는 경계해야 할 사람들입니다.

'생말'과 '침묵의 말'

저는 디지털 좀비의 언어를 '생말'이라고 규정하고 싶습니다. 생말은 정제되지 않은 감정 덩어리가 통째로 불쑥 튀어나온 언어입니다. 거친 욕설과 잔인한 비유는 마치 전쟁터에서 도끼와 망치가 여기저기 피를 튀기는 것처럼 무섭습니다. 이런 상황에서 사람들은 자신도 모르게 열광하고 분노합니다. 그 결과 이스라엘 사람들처럼 손에 돌을 하나씩 쥐고는 누군가를 향해 던집니다.

일상생활 속에서 생말이 나올 때는 대개 '나는 너에 관한 진실을 알고 있다'라는 전제를 깔고 있습니다. 다음과 같은 것들이지요.

"너는 지금 거짓말을 하고 있어."
"나는 네가 부끄러운 짓을 했다는 걸 알고 있어."
"나는 네가 비난받을 행동을 한 걸 알고 있어."
"너는 나에게, 또는 우리에게 피해를 주고 있어."
"너는 이제 더 이상 너의 자리를 지킬 명분이 없어."
그러다 보니 생말은 상대방의 행동을 고치려 하거나 가르치려 하는 경우가 다반사입니다. 나는 조언자의 자리에 있고 너는 내 조언을 받아들이지 않으면 안 된다는 것을 이미 전제한 상태에서 말을 내뱉습니다. 이런 경우 십중팔구 현상을 있는 그대로 받아들이기보다 상대를 비아냥거리거나 거칠게 몰아세우려고 합니다. 거친 감정 때문에 정작 그 사람에게 일어난 일의 배경이나 과거를 돌아볼 여유조차 사라집니다.

그러므로 속에서 생말이 나오려고 하면 먼저 침묵하려는 노력이 필요합니다. 침묵으로 나를 차분하게 가라앉힌 뒤에 상대방의 이야기에 귀 기울여 주어야 합니다. 만약 상대가 나에게 피해를 주고 있다면 한 걸음 더 나아가 그 사람이 스스로 잘못을 깨닫도록 해 주어야 합니다. 비난과 저주는 정상적으로 자책감을 들게 만드는 방식이 아닙니다. 예수님의 방식은 이렇습니다.

> 아무에게도 악을 악으로 갚지 말고 모든 사람 앞에서 선한 일을 도모하라 할 수 있거든 너희로서는 모든 사람과 더불어 화목하라 내 사랑하는 자들아 너희가 친히 원수를 갚지 말고 하나님의 진노하심에 맡기라 기록되었으되 원수 갚는 것이 내게 있으니 내가 갚으리라고 주께서 말씀하시니라 네 원수가 주리거든 먹이고 목마르거든 마시게 하라 그리함으로 네가 숯불을 그 머리에 쌓아 놓으리라(롬 12:17~20).

한국 교회의 에큐메니컬 운동 1세대이면서 1970년대 군사 독재 시절에 민주화 운동도 하신 오재식 박사님에게서 들은 이야기가 생각납니다.

오 박사님이 지하철을 탔는데 건너편 의자에 젊은 엄마와 다섯 살쯤 되어 보이는 사내아이가 앉아 있더랍니다. 아이가 맛있게 먹고 있던 과자를 실수로 지하철 바닥에 쏟고 말았습니다. 아이는 엄마 눈치를 보면서 땅에 떨어진 과자를 줍는데 갑자기 엄마가 일어서더니 바닥에 떨어진 과자를 발로 밟아 짓이기면서 "더러워, 먹지 마!"라고 소리쳤다는 거예요. 그 모습을 지켜보던 사람들이 모두 눈살을 찌푸렸고, 엄마와 아들은 다음 역에 열차가 서자 급히 내려 버렸답니다. 사람들은 그제야 한마디씩 욕설을 퍼부었대요.

"엄마나 애나 똑같네!"

"애가 뭘 보고 배우겠어!"

"요즘 젊은것들은 싹수도 없어!"

그런데 이런 욕설들이 들리는 와중에 오 박사님은 조용히 일어서서 바닥에 떨어진 과자 부스러기를 손으로 쓸어 담아 당신의 호주머니에 넣었다고 하네요.

우리는 대개 누군가 잘못하면 우선 화내거나, 꾸짖거나, 비난부터 하고 보는 경향이 있지요. 또 그걸 당연하게 여깁니다. 하지만 오 박사님처럼 행동하는 분은 많지 않습니다. 저는 이것이 '침묵의 말'이라고 생각합니다.

목사의 말은 품 넓은 여유를 가진 '침묵의 말'이어야 하지 않을까요. 무엇보다 예수님이 모범을 보여 주셨습니다. 누군가의 잘못에 비난과 저주를 퍼붓는 방식을 선택하기보다 '침묵의 말'로 잘못을 품고자 하셨지요. 그 결과 잘못한 사람은 물론이고, 잘못한 사람을 향해 욕설부터 퍼붓고 보는 사람들의 머리에도 뜨거운 화로를 얹은 것 같은 부끄러움을 느끼게 하셨습니다.

'침묵의 말'은 실제로 상대방에게 생각할 수 있는 시간을 줍니다. 그래서일까요. 경청은 금메달이고, 침묵은 은메달이며, 따뜻한 말은 동메달이고, 거친 말은 '목메달'이라는 우스갯소리가 있지요. 이는 우리가 하는 말의 옳고 그름의 문제가 아닙니다. 아무리 옳은 말이라도 선하지 않을 수 있다는 말입니다. 더군다나 우리가 옳다고 여기는 그 말이 정말 옳은지는 아무도 모르는 경우가 많습니다.

속에서 생말이 나오려고 하면 먼저 침묵하려는 노력이 필요합니다.
침묵으로 나를 차분하게 가라앉힌 뒤에
상대방의 이야기에 귀 기울여 주어야 합니다.
만약 상대가 나에게 피해를 주고 있다면 한 걸음 더 나아가
그 사람이 스스로 잘못을 깨닫도록 해 주어야 합니다.

Chapter 03

이해의 첩경, 경청

진정한 섬김은
들음에서 시작된다

마음의 풍랑까지 읽을 수 있는 힘

영화 〈야곱 신부의 편지〉는 시력을 잃은 늙은 신부가 숲 속에 혼자 살면서 '특별한 목회'를 하는 이야기입니다. 그는 자원봉사자의 도움으로 누군가의 편지를 받고 사연을 읽은 뒤 기도해 주고 답장을 써 줍니다.

편지를 읽고 답장을 쓰는 일을 돕는 자원봉사자는 야곱 신부(헤이키 노우시아이넨 분)의 일이 덧없어 보입니다. 그래서 '이런 수고가 무슨 의미가 있을까?'라는 생각이 들었습니다. 그러나 신부님은 이렇게 말하는 것 같습니다.

"사람들은 누군가 자신을 위해 기도해 주기를 바랍니다. 나는 그들이 하나님께 다가갈 수 있도록 도울 뿐이지요. 하나님의 아들딸 중 누구 한 사람도 자신이 쓸모없다고 생각하거나 하나님이 자신을 잊어버렸을 거라 생각하면 안 되니까."

03 이해의 첩경, 경청

신부의 말처럼 모든 사람은 나름의 사연을 안고 살아갑니다. 사연은 대개 고단하고 아픈 상처로부터 비롯됩니다. 삶은 그렇게 수많은 사연의 연속이지요. 그래서 우리는 하늘을 향해 기도해야 살 수 있는 존재입니다. 하늘이 내 사연을 들어준다면 비로소 위로를 받고 험난한 세월을 살아갈 수 있을 테니까요.

그러므로 야곱 신부의 목회는 가장 본질적인 일이라고 할 수 있습니다. 신부를 통해 많은 사람이 자신의 말을 경청하는 하나님을 만나고, 하나님께서 나를 잊지 않고 계시다는 걸 확신할 수 있으니까요.

야곱 신부의 답장은 간단하고도 분명합니다. 아마도 시력을 잃은 신부의 온전한 경청 덕분일 것입니다. 편지 하나만으로도 그 사람이 살아가는 세월과 그가 겪었을 마음의 풍랑까지 읽을 수 있는 힘, 그것이 경청의 힘이라고 생각합니다.

말하는 목사, 듣는 목사

많은 사람들이 기독교 방송국의 사목을 신앙 상담을 해주는 은혜로운 목사로 생각합니다. 그래서 의외로 전화로 상담 요청을 해 오는 분이 많습니다. 이분들은 마음속의 말씀을 거침없이 쏟아 냅니다. 이런 대화는 한 시간을 훌쩍 넘기고 심지어 두 시간 동안 이어지기도 합니다. 처음 방송국에 입사해서 이런 전화를 받는 데 근무 시간을 많이 할애해야 했습니다. 이야기를 끈기 있게 들은 뒤에 나름대로 처방과 조언을 이야기했지요.

그러다가 나중에서야 이 일이 나의 방송국 업무가 아니라는 걸 깨달았습니다. 또 제 조언을 듣기 위해서가 아니라 자신의 이야기를 누군가에게 쏟아 내려고 전화를 하는 분들이 많다는 사실도 알았습니다. 그렇지요, 누구나 자신의 고민을 다른 사람에게 털어놓고 싶어 합니다. 그래서 나중에는 이런 전화를 받을 때는 작정하고 한두 시간을 보내겠다는 마음으로 임했습니다. 하지만 제가 하는 역할은 중간중간 추임새를 넣고 속마음을 더 잘 쏟아 낼 수 있도록 돕는 것이 전부입니다.

나중에는 업무량이 증가해 작정하고 시간을 낼 수 없어서 이렇게 전화를 받는 것도 힘들어졌습니다. 그래서 전화가 오면 나름 대안이라 생각하고 이렇게 제안합니다.

"이런 이야기를 담임 목사님께 말씀드려 보지 그러세요?"

그런데 이렇게 제안하면 돌아오는 말씀은 대부분 다음 몇 가지 중 하나였습니다.

"목사님은 교회에 대해 부정적인 이야기를 못 하게 하세요."
"우리 목사님 만나기는 하늘의 별 따기나 다름없어요."
"목사님은 저에게 들은 이야기를 설교 시간에 다 하실 걸요."

교우들에게 비친 목사의 모습이 이렇구나, 하는 걸 느끼게 하는 대답들입니다. 목사는 교회에 대한 건의에 귀 기울이지 않는 꽉 막힌 분이고, 늘 바빠서 만나기가 어려운 분이며, 내밀한 이야기를 지켜 주지 않는 분이라는 인식이 배어 있어요.

저는 이런 인식을 갖게 하는 목사가 매우 비정상적이라고 생각합니다. 대체 목사란 어떤 존재일까요? 교우들의 고민에 귀 기울이지 않는 목사는 과연 목사일까요? 신학을 공부하고 안수를 받아 목사로 불리지만 목사의 큰 소임을 놓친 셈이니 엄밀히 말하면 목사의 자리에서 떠나 있는 것입니다. 어서 돌아와 본래의 자리를 지켜야 합니다.

게다가 목사는 '말하는 사람'이라는 인식 역시 비정상입니다. 목사는 말하기 전에 '들어 주는 사람'이어야 합니다. 목회 사역에 설교하고 가르치는 일이 포함되지만, 근본적으로 목회란 한 사람 한 사람을 위한 사랑과 동행입니다. 사람들로부터 비난받고 외톨이가 된 사람에게도 마지막까지 남아 있는 한 사람이 되도록 하나님이 부탁한 존재가 목사라고 생각합니다. 그래서 저는 목사의 말은 '들음'에서 출발해야 한다고 믿습니다. 목사는 말하기 전에 듣는 사람이어야 합니다.

목사는 교회에서 이런저런 일에 앞장서다 보면 자연스럽게 '우두머리'의 성격을 띠게 됩니다. 무슨 일을 하더라도 자신이 주도해야 한다는 생각이 몸에 배기도 합니다. 목사들이 모이는 자리를 보면 재미있습니다. 누가 모임을 주도해야 하는지 서로 눈치를 살피다가 결국 선배나 지위가 높은 사람이 나서는 모습을 봅니다.

그런데 모든 '우두머리'가 마찬가지지만 교회에서는 그 우두머리의 자리가 무한히 섬기고 무한히 책임지는 자리가 아닐까요. 목회에서 섬김은 들음을 통해 가능하다고 믿습니다. 그러니 무슨 일이든 여러 사람을 이끌어야 한다는 강박관념으로 주도해서는 안 됩니다. 교회 목사의 리더십은 군대 장군의 리더십과는 다르지요. 충무공 같은 분은 군인이면서도 자신의 충성이 백성을 향해야 한다고 믿는 사람이었는데, 하물며 목사의 충성이야 말해서 무엇하겠습니까.

교우들의 고민에 귀 기울여 주는 목사가 되어 보세요. 더욱이 현대인은 누구나 자신의 말에 귀 기울여 주는 사람을 필요로 합니다. 외로운 사람이 많아서 그렇지요. 정작 목사들은 말을 하려고만 할 뿐 들으려 하지 않으니 어긋나도 한참 어긋나 있지요. 심지어 심방을 가서도 설교하려는 데만 온통 신경을 집중하는 목사들을 보면 안타깝기 그지없습니다.

목사가 얼마나 말하기를 좋아하면 "천국은 목사의 입만 모아 두는 곳이 아니다"라고 꼬집는 말까지 생겼겠어요?

개신 교회 목사의 특권 하나

경청이란 단순히 다른 사람의 말에 귀를 기울이는 것만을 의미하지 않습니다. 이영숙 박사는 경청을 '상대방의 말과 행동을 주의 깊게 잘 들어 그 사람이 얼마나 소중한지 인정해 주는 것'이라고 정의합니다. 누군가를 소중히 여기는 행동 양식이 경청이라는 말이지요. 다시 말하면, 자신의 말을 경청해 주는 목사에게서 교우들은 '나는 존중받고 있다'는 느낌이 들게 된다는 것입니다. 가톨릭교회에서는 교우들이 사제에게 죄를 고백하고 용서를 얻는 고해 성사를 치릅니다. 이처럼 사제가 교우의 고백을 경청하는 과정에서 교우는 사제에게 특별한 마음이 생기게 되는데, 이 역시 경청의 힘이라 볼 수 있습니다.

체코의 프라하에는 오래된 '다리' 하나가 있습니다. 다리에는 왕이 가톨릭 신부를 죽이는 장면이 조각으로 새겨져 있습니다. 왜 왕은 신부를 죽였을까요? 사연은 이렇습니다. 왕비가 어느 날 신부에게 고해 성사를 했다고 합니다. 왕비의 모든 것을 알고 싶었던 왕은 왕비의 고해 성사 내용이 무엇인지 너무 궁금했습니다. 왕은 신부를 불러 캐물었습니다. 하지만 가톨릭교회에는 신부가 교우에게서 들은 고백을 타인에게 발설하지 않는 전통이 있습니다. 결국, 왕에게 미움을 산 신부는 죽임을 당했습니다.

사제는 고해 성사를 들을 때 하나님처럼 들어야 합니다. 죄를 용서하는 권한을 가진 자의 슬픔이기도 하겠지만, 그만큼 신도들로부터 존경과 사랑을 받기도 합니다.

가톨릭교회에서는 성찬 예식을 할 때 떡은 신도들도 받지만, 잔은 사제들만 마십니다. 예수님의 보혈의 공로가 죄를 용서해 주는 사제들에게만 적용된다고 믿는 것입니다. 사실 개신 교회와 가톨릭교회의 가장 큰 차이가 바로 여기에 있습니다.

유럽에서 종교개혁이 일어난 뒤 개신 교회와 구 교회 사이에 전쟁이 벌어졌을 때, 개신 교회가 승리하면 교회당 벽에 승리의 표시로 금으로 만든 성찬 잔을 걸어 두었습니다. 우리도 이제 예수님의 피, 곧 잔을 받게 되었다는 의미지요. 하지만 전쟁이 다시 구 교회의 승리로 돌아가면 교회당 벽에 걸어 둔 성찬 잔을 녹여 성모상에 발랐습니다. 유럽의 오래된 교회들을 방문하면 이런 흔적이 아직도 남아 있습니다.

그런 면에서 개신 교회의 목사는 가톨릭교회의 사제보다 훨씬 덜 권위적일 수밖에 없습니다. 개신 교회의 모든 교우는 자신이 범한 죄를 하나님께 직접 아뢰고 용서를 받습니다. 목사는 결코 하나님과 사람 사이의 특별한 존재가 아니라고 믿기 때문입니다. 목사는 훨씬 교우 쪽에 가까이 다가가 있는 셈이고, 교우에게 하늘의 메시지를 전하는 존재이기보다 함께 동무가 되어 하늘의 메시지를 찾고 실천하는 존재라고 볼 수 있습니다.

그런데도 목사들은 여전히 자신이 종교개혁 이전의 사제인양 착각하는 실수를 범합니다. 교우와 함께 대화하고 경청하는 대신 무언가를 가르치고 말하고자 하는 강박관념을 갖습니다. 때로는 죄를 용서해 주는 권위까지 가진 듯 보입니다. 그러다 보니 교우들은 어느새 목사와 대화하는 것이 부자연스러워졌습니다. 종교개혁으로 피를 흘려 사제와 신도 사이의 거리를 좁혀 놓았는데, 이제 다시 개신 교회가 스스로를 부정하는 형국입니다. 이른바 목사의 권위주의가 그것입니다. 목사와 교우 사이에는 건널 수 없는 강이 있다고 가르치려는 듯 권위주의로 높은 벽을 쌓아 올립니다.

하지만 목사들이 그렇게 가르치고자 하는 메시지가 교우들에게 모두 전달될 것이라는 생각은 착각에 지나지 않습니다. 저는 기관 목회를 하기 때문에 주일이 되면 여러 교회를 방문해 예배를 드립니다. 그래서 설교하는 자리에만 있지 않고 청중의 자리에 앉을 때가 많습니다. 덕분에 설교자의 자리에서는 보지 못하는 면을 볼 수 있습니다.

가령, 설교 내용 전부를 100이라 할 때 청중의 자리에서는 그중 50도 채 들리지 않는다는 사실입니다. 그러니 청중은 설교자가 준비한 설교 내용의 절반만으로 설교를 이해할 수밖에 없습니다. 반면 설교자는 청중이 설교 내용 전체를 듣고 있다고 착각합니다. 아무리 논리적으로 준비한 설교라도 청중의 귀까지 도달하면 전체 내용의 절반으로 깎이게 마련인데, 하물며 일상에서 준비 없이 던지는 '설교'조의 조언이야 더 말할 나위가 있을까요. 이와 같은 현실을 극복하려면 전달하려는 메시지의 분량을 줄일 필요가 있습니다. 즉, 말을 줄이는 편이 효과 면에서 훨씬 유익하다는 것입니다.

말을 줄여야 할 뿐만 아니라 듣고자 해야 합니다. 교우의 말은 물론 행동까지 주의 깊게 들어야 합니다. 경청하는 과정에서 목사는 덜 말해도 더 말하는 효과를 얻습니다. 교우의 말을 경청할 때 목사의 설교 내용은 청중의 가슴을 파고듭니다. 만약 교우의 말을 경청할 여유가 없다면 과감하게 대화를 멈추어야 합니다. "죄송한데, 제가 집중하여 들을 수 있을 때 다시 이야기해도 될까요?" 하고 양해를 구한 뒤 미루는 것도 좋은 방법입니다.

보통 말씀을 검에 비유하지요? 경청은 말씀의 검을 더욱 잘 벼리게 하는 일입니다. 개신 교회의 목사는 교우와 더 가까이 있어 그들의 말을 경청하는 데 훨씬 유리합니다. 경청으로 더 날카롭게 벼린 하나님의 말씀을 전할 수 있습니다. 이것이 얼마나 큰 장점인지 깨달았다면, 지금이라도 당장 우리가 쌓아 놓은 권위주의의 벽을 허물고 교우들의 곁으로 다가가야 합니다.

성경에서

그가 그들에게 대답하였다.

"그분이 내 눈을 뜨게 하여 주셨는데도, 여러분은 그분이 어디에서 왔는지 알지 못하니, 참 이상한 일입니다. 하나님께서는 죄인들의 말은 들어주지 않으시지만, 하나님을 공경하고 그의 뜻을 따라 사는 사람의 말은 들어주시는 줄을 우리는 압니다. 나면서부터 눈이 먼 사람의 눈을 누가 뜨게 하였다는 말은 창세로부터 이제까지 들어 본 적이 없습니다. 그분이 하나님으로부터 오신 분이 아니라면, 아무 일도 하지 못하셨을 것입니다." 그들이 그에게 말하였다. "네가 완전히 죄 가운데서 태어났는데도, 우리를 가르치려고 하느냐?" 그리고 그들은 그를 바깥으로 내쫓았다(요 9:30~34, 표준새번역).

위의 상황에 이르기까지 배경은 이렇습니다.

예수님이 길을 가시다가 나면서부터 눈먼 사람을 보셨는데, 제자들이 "선생님, 이 사람이 눈먼 사람으로 태어난 것이, 누구의 죄 때문입니까? 이 사람의 죄입니까? 부모의 죄입니까?" 하고 물었습니다. 이때 예수님이 하신 대답이 바로 "이 사람이나 그의 부모가 죄를 지은 것이 아니다. 하나님께서 하시는 일을 그에게서 드러나게 하시려는 것이다"입니다.

예수님이 이 말씀을 하신 다음 땅에 침을 뱉고 그것으로 진흙을 개어 눈먼 사람의 눈에 바르시고, 실로암 못으로 가서 씻으라고 하셨습니다. 그대로 했더니 눈먼 사람은 빛을 보게 되었습니다. 문제는 바리새인들이 예수님이 안식일에 행한 이 일을 가지고 어떻게든 그분에 대한 여론을 악화시키고자 했다는 것입니다. 바리새인들은 치유받은 당사자는 물론 부모까지 불러 요목조목 캐물었습니다. 하지만 끝내 소기의 목적을 달성하지 못한 채 물러납니다.

예수님은 눈먼 사람의 소망에 귀를 기울임으로써 하나님의 뜻을 펼칩니다. 반면, 바리새인들은 집단의 이익에 '눈이 먼' 나머지 하나님의 뜻은 고사하고 한 인생의 소원에도 귀를 기울이지 못했습니다. 여기서 우리는 경청의 시작과 끝을 확인할 수 있습니다. 경청은 사람의 존귀함을 인정하는 데서부터 시작됩니다. 그 끝은 하나님의 뜻을 세상에 펼쳐 내는 일입니다.

이 말은 곧 자신의 말을 경청해 주는 사람에게서 비로소 '나는 존중받고 있다'라는 느낌을 받는다는 것입니다. 목사의 자리는 마땅히 무한히 섬기고 무한히 책임지는 자리입니다. 성경이 우리에게 가르치는 바이기도 합니다. 섬김은 들음에서 시작해야 합니다. 자칫 여러 사람을 이끌어야 한다는 강박관념 때문에 말하기에만 바쁘기 쉬운데, 목회자는 모름지기 한 사람의 고민에 귀 기울이는 사람입니다. 경청의 태도는 한 사람에 대한 깊은 존중으로부터 나옵니다. 나아가 경청이야말로 사람이 살아가면서 하늘의 뜻을 펼치는 주님이 가르쳐 주신 방식이기도 합니다.

경청의 태도는 한 사람에 대한 깊은 존중으로부터 나옵니다.
나아가 경청이야말로 사람이 살아가면서
하늘의 뜻을 펼치는 주님이 가르쳐 주신 방식이기도 합니다.

Chapter 04

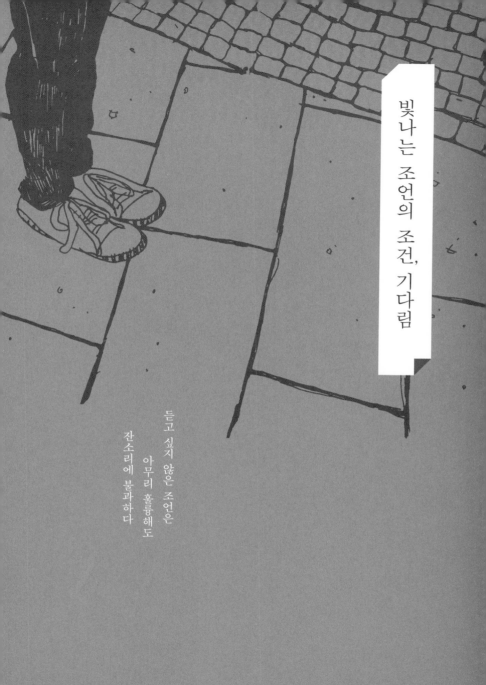

빛나는 조언의 조건, 기다림

듣고 싶지 않은 조언은
아무리 훌륭해도
잔소리에 불과하다

빛나는 조언의 조건

자녀들에게 '돕는 말' 곧, 조언을 할 때 먼저 생각해야 할 점은 자녀들이 부모의 조언을 요구했는가, 하는 것입니다. 듣고 싶지 않은 조언은 아무리 훌륭해도 잔소리에 불과하기 때문이지요. 롭 켄들은 자신의 책 『왜 그때 그렇게 말했을까?』에서 '조언이 필요해'라는 대답이 들려오는 경우는 마치 슬롯머신에서 세 개의 그림이 맞아떨어진 것과 같다고 말합니다. 그만큼 조언을 요구하는 사람은 실제로 많지 않다는 이야기겠죠.

목사는 특히 조언을 사명처럼 생각하는 사람입니다. 넓은 의미에서 설교도 조언에 속합니다. 누군가에게 도움이 되는 말을 한다는 건 소중한 일이면서도 어려운 일입니다.

조언이 어려운 까닭 하나는 적절한 시기를 포착하는 데 실패하기 때문입니다. 아무리 유익한 말이라도 그 말이 들리지 않을 때는 어쩔 수가 없습니다. 누군가에게 가장 적합한 때를 포착한다는 건 그 사람을 누구보다 잘 아는 일과도 통합니다. 그래서 부부 사이에는 그 타이밍을 잡기가 더 쉽습니다.

빛나는 조언을 할 수 있는 조건은 어느 정도 앎의 과정을 거쳐야 비로소 찾아옵니다. 아버지와 아들 사이에서도 개입할 수 없는 영역이 있는데, 하물며 일주일에 한 번, 그것도 눈인사나 악수를 하는 정도로 가벼운 관계 안에서 어떤 유용한 조언을 할 수 있을까요? 조언은 깊이 사귐을 갖는 데서부터 출발해야 합니다.

타이밍을 잘못 포착하면 상대의 동의조차 얻을 수 없는 일방적인 조언이 되기 십상이지요. 이와 같은 말을 흔히 '잔소리'라고 합니다. 많은 아버지가 자녀로부터 잔소리가 심하다는 이야기를 듣는 이유 역시 타이밍을 포착하는 능력이 떨어지기 때문입니다.

"이 녀석아, 내 나이가 되면 알게 돼. 아버지 말 들어!"

이렇게 말하는 아버지가 많습니다. 그런데 이 말은 곧 '내 나이가 될 때까지 기다리라'는 뜻이므로 그때까지는 이해할 수 없다는 말이 되는 셈입니다.

마찬가지로 교회에서는 믿음이 어린 사람들이 있는데, 이들에게도 믿음이 성숙할 때까지 기다려야 이해되는 말이 있습니다. 그럼 그때까지는 모두 잔소리에 불과한 것이죠.

인도의 정치가인 간디가 누군가에게 조언하는 방식은 놀랍습니다. 간디는 상대방의 때를 기다릴 뿐만 아니라 조언하는 사람 자신의 때를 기다리는 것까지 실천합니다.

어느 날 한 어머니가 아이를 데리고 간디를 찾아옵니다. 아이가 사탕을 너무 좋아해 치아가 다 상해 버렸으니 아이를 위한 충고를 부탁합니다. 어머니는 아이가 간디의 충고를 들으면 행동을 고칠 것이라고 말합니다. 간디는 어머니의 말을 듣고 나서 잠시 생각한 뒤 이렇게 말합니다.

"지금은 할 말이 없습니다. 보름이 지난 뒤에 다시 오세요."

아이의 어머니는 간디의 말을 이해할 수 없었지만 대꾸하지 못하고 물러났다가 보름이 지나서 다시 나타납니다. 오래 기다렸으니 무언가 대단한 조언을 해 줄 것이라고 기대했겠지요. 그러나 간디의 조언은 간단했습니다.

"얘야, 사탕을 먹지 말아라. 충치가 생기면 너도 괴롭지만, 가족이 모두 너 때문에 아프단다."

간디는 왜 이 말을 하는 데 보름씩이나 걸렸을까요? 까닭은 이렇습니다. 간디도 사탕을 좋아했기 때문에 아이에게 사탕을 먹지 말라고 말할 수 없었던 것이지요. 그래서 자신이 먼저 사탕을 끊는 데 보름이 걸린 것입니다. 다행히 아이는 간디의 충고를 듣고 사탕을 끊었다고 하지요.

빛나는 조언의 조건은 생각보다 쉽지 않습니다.

첫째, 관계가 깊어지기를 기다려야 하고,

04 빛나는 조언의 조건, 기다림

둘째, 상대가 이해할 때까지 기다려야 하며,

셋째, 나 스스로 실천할 때까지 기다려야 합니다.

성경에서

> 그러므로 형제들아 주께서 강림하시기까지 길이 참으라 보라
> 농부가 땅에서 나는 귀한 열매를 바라고 길이 참아 이른 비와
> 늦은 비를 기다리나니(약5:7).

『가장 힘든 일 기다림』이라는 책의 저자인 데비 에커먼은 30
년 넘게 간호사로 일하다가, 남편과 함께 알코올 중독자와 마
약 중독자를 위한 회복 프로그램을 운영하고 있습니다. 에커
먼 여사는 누구보다 기다림의 의미와 가치를 깊이 묵상한 사
람입니다. 그녀가 말하길, 하나님은 우리에게 두 가지 명령을
내리시는데, 하나는 '가라'이고, 다른 하나는 '기다리라'입니
다. 우리는 두 개의 명령을 들을 줄 아는 귀를 가져야 한다고
말합니다.

하나님의 말씀을 '약속'이라고 할 때 그 단어 속에는 이미 기
다림이 포함되어 있습니다. 어떤 약속은 성취될 때까지 오랜
세월이 걸리기 때문입니다. 그래서 성경은 온통 약속과 기다
림의 이야기라고 에커먼 여사는 설명합니다. 이 책의 한 구절
을 인용해 보겠습니다.

아담과 하와의 죄를 용서하고자 구원자를 보내시겠다는 '아담의 언약'은 4,000년의 세월이 필요했다. 노아는 120년을 기다리며 대홍수의 때를 준비했다. 아브라함의 삶 역시 하나님의 약속이 이뤄지기를 기다리는 삶이라 해도 과언이 아니다. 기다림의 시간이 고통스럽고 지루하더라도, 그 시간은 결코 나에게만 주어진 낯선 시간이 아니다. 우리는 모두 하나님의 자녀가 된 순간 기다림을 숙명으로 타고난 셈이다.

하지만 우리는 기다리지 않고 움직이려 하고 말하려 합니다. 에커먼 여사는 우리가 잘 아는 복음성가 한 곡을 소개합니다.

주님의 시간에 그의 뜻 이뤄지기를 기다려.
하루하루 살 동안 주님 인도하시리.
주 뜻 이룰 때까지 기다려.
주의 뜻 이뤄질 때 우리들의 모든 것
아름답게 변하리. 기다려.

이 노래는 하나님의 시간에 관해서 말합니다. 그러고 보면 기다림이란 하나님의 시간을 신뢰한다는 의미가 있는 것 같습니다. 에커먼 여사는 '기다림', 곧 'wait for'는 하나님을 섬기는 일, 곧 'wait on'과 별개가 아니라고 말합니다. 다시 말해, 하나님을 제대로 섬기지 않으면 온전한 기다림도 불가능하다는 것입니다. 그분을 섬기는 것은 곧 약속을 붙잡는 것이고, 그럼으로써 우리에게 인내와 소망이 생겨난다고 가르쳐 줍니다. 누군가에게 조언하는 일도 마찬가지입니다. 하나님의 시간을 신뢰하며 함께 기다리고 지켜보는 일 모두가 빛나는 조언 속에 포함된다는 사실을 깨달아야 합니다. 하나님이 우리의 상황을 반전시킬 때까지 기다리고 또 기다려야 합니다. 하나님도 우리를 구원하시기 위해 기다리고 또 기다리십니다. 우리는 이런 기다림에 익숙해져야 합니다.

Chapter **05**

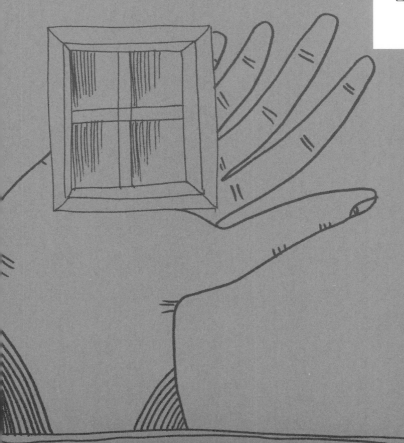

마음을 여는 진심 어린 말

약장수처럼 가볍고
정치꾼처럼 이중적인 말을
경계하라

석중의 진심이 옥분의 마음을 열다

하필 왜 옥분(전도연 분)이었을까? 농촌 총각 석중(황정민 분)에게 옥분은 첫눈에 반한 운명의 여인입니다. 하지만 다방의 '에이스' 옥분에게 젖소를 키우는 농촌 총각 석중은 그냥 그렇고 그런 '호구'일 뿐이지요. 촌스럽고 무식한 데다가 결혼할 여자가 없어 베트남까지 가서 현지 여인을 물색하고 와야 할 정도로 무능해 보이는 남자였습니다. 더군다나 다방에서 몸까지 파는 자신을 좋아하면 과연 어디까지 좋아하겠나, 라는 생각이 들어 옥분은 석중에게 쉽게 마음을 주기 어려웠습니다.

그러니 석중에게 향하는 옥분의 말은 반질반질하여 이리저리 미끄러지고, 닳고 닳아 너덜너덜해 보입니다. 양파 껍질처럼 어디까지가 진심인지 알 수 없습니다. 하지만 옥분을 향한 석중의 마음은 모두 진심입니다.

석중과 옥분은 〈봄날은 간다〉라는 영화를 보다가 유명한 대사 "사랑이 어떻게 변해요?"라는 말을 가지고 실랑이를 벌입니다. 옥분은 변한다고 하고, 석중은 변하지 않는다고 합니다. 그러면서 사랑을 고백하지요.

"은하(옥분의 가명) 씨 사랑해요."

"언제까지?"

"영원히, 죽을 때까지, 아니 죽어서도 계속 사랑할 거예요."

"정말?"

"응."

진심 어린 석중의 말은 이렇게 옥분에게 한 걸음씩 쿵쿵 다가갑니다. 그러나 옥분은 여전히 사랑을 믿지 않는다는 듯 석중을 밀어냅니다. 아니, 석중을 여전히 호구로만 여기지요. 아침마다 석중은 우유를 짜서 옥분의 방문 앞에 가져다 놓지만, 옥분은 석중에게 밝게 웃으며 고맙다고 인사하고 나서는 뒤돌아서 우유를 쏟아 버립니다. 옥분이 다방 간판을 청소해 달라고 하면 만사를 제쳐두고 그 일부터 하는 석중이었지요.

급기야 석중은 더 마음 깊이 있던 말을 꺼냅니다. 옥분에게 이제부터는 몸 파는 일을 하지 않았으면 좋겠다고 합니다. 하지만 옥분은 이처럼 다가오는 석중을 거세게 밀어냅니다.

"왜 이래요?"

"모르겠어요? 정말? 은하 씨 사랑한다고요."

"사랑이 쉬워?"

"은하 씨는 뭐가 그렇게 복잡한데요? 난 그냥 하루 온종일 은하 씨 생각뿐이 안 나고, 맛있는 것 먹어도 은하 씨 생각나고, 예쁜 것만 봐도 은하 씨 생각나고, 하늘만 봐도 은하 씨 생각나는데……."

진심은 힘이 셉니다. 석중의 진심은 옥분을 흔들었고 옥분의 마음도 서서히 석중에게 향합니다. 옥분은 이제 석중이 아침마다 배달해 주는 우유를 마십니다. 몸 파는 일도 접습니다. 생계가 달린 일인데도 그 일을 그만두었다는 것은 이미 옥분의 마음이 열렸다는 증거지요. 옥분이 부르는 노래도 달라졌습니다. "사랑밖엔 난 몰라" 하고 노래합니다. 옥분도 이제 석중에게 진심을 말합니다.

"오빠, 내 인생 파란만장한데……, 정말 사연 많거든. 난 재수 더럽게 없고, 나 말띠 아니고 토끼띠야. 나 너무 늙었지?"

둘은 그렇게 결혼에 이르지요. 물론 결혼 이후 두 사람의 사랑은 더 힘겨워지지만, 진심 어린 말이 마음을 어떻게 열었는지 살펴보기에 영화 〈너는 내 운명〉은 충분히 좋은 이야기입니다.

'말을 잘한다'라는 것은

언제부턴가 '예수쟁이'가 '말 잘하는 사람'을 가리키더니 요즘 들어서는 '말만 잘하는 사람'으로 바뀌고 있습니다. 밖에서 교회를 바라보는 사람들만이 아니라 이제는 교회 안에서도 부정적인 시선이 생겨나고 있습니다.

목사의 말이 너무 가벼워졌기 때문입니다. 목사의 말과 일반 교우의 말이 무게 차이가 나지 않는 것은 물론이고, 설교를 유창하게 하는 목사는 오히려 경계 대상으로 여겨지기도 합니다. 왜 이렇게 되었는지는 조금만 생각하면 금방 알 수 있습니다.

말을 잘한다는 것은 청산유수처럼 말이 유창하다는 것을 의미합니다. 물론 청산유수 같지 않더라도 목사의 말은 태산처럼 장중하고 믿을 만해야 합니다. 하지만 '예수쟁이'가 오히려 약장수나 만담가처럼 인식되니 안타까운 일입니다. 지금처럼 목사의 말이 신뢰를 잃어버렸을 때는 차라리 말을 멈추고 행동으로 마음을 표현하는 것이 더 나을지도 모르겠습니다.

정치인이 말실수 때문에 공개 사과를 하는 장면을 가끔 봅니다. 공직자의 언행은 책임이 따르므로 진중해야 합니다. 마찬가지로 한 공동체에서 말의 무게감이 보장되어야 하는 사람이 있습니다. 사실만 전달해야 하는 기자의 말이 그렇고, 사람들의 상처 난 마음을 보듬어야 할 성직자의 말이 그렇습니다.

사람들은 기자가 거짓말을 하면 안 된다고 생각합니다. 또 성직자의 말은 신뢰할 만해야 한다고 생각합니다. 그런데 말에 신중을 기해야 하는 사람들이 어느새 불신의 대상이 되어버렸습니다. 공동체의 병리 현상 가운데 가장 나쁜 상태입니다. 믿을 수 있는 말이 사라진 사회는 지옥입니다. 천국을 만들어야 할 사람이 지옥을 만들고 있으니 기가 찰 노릇이지요.

충무공 이순신은 『난중일기』에서 절제된 글 속에 핵심을 꿰뚫는 단어를 사용해 읽는 이로 하여금 정신을 바짝 차리게 만듭니다.

1592년 2월 4일. 맑음.

동헌에 나가 공무를 본 뒤에 북봉 봉화대 쌓은 곳에 오르니, 쌓은 곳이 매우 좋아 전혀 무너질 리가 없었다. 이 봉수가 부지런히 일했다는 것을 짐작할 수 있었다. 종일 구경하다가 저녁 무렵에 내려와서 해자 구덩이를 둘러보았다.

1592년 3월 27일. 맑고 바람도 없었다.

일찍 아침밥을 먹은 뒤 배를 타고 소포에 갔다. 쇠사슬을 건너매는 것을 감독하고, 종일 기둥 나무 세우는 것을 보았다. 겸하여 거북선에서 대포 쏘는 것도 시험했다.

전쟁이 일어나기 한두 달 전 이순신 장군의 유비무환 정신을 엿볼 수 있는 글입니다. 장군은 꼼꼼히 살피고 부지런히 일하며 빈틈을 없애고자 합니다. 모름지기 많은 사람의 목숨을 지켜야 할 장수의 행동은 이래야겠지요. 그것이 일기에 그대로 담겼습니다. 자신의 자리를 태산처럼 굳건히 지키는 결기가 보이지 않습니까. 『난중일기』를 읽는 맛이 여기에 있습니다.

저는 목사의 말도 이처럼 소박하고 단정하며 진정 어린 단어들로 이루어져야 한다고 생각합니다.

속셈을 가진 양파 같은 말

정치 드라마 〈어셈블리〉에 정치인의 말과 관련한 대사가 나옵니다.

"정치인의 말엔 소신 이외에 하나가 더 담겨 있어요. 타협을 위해 남겨 두는 여백. 정치의 핵심은 타협입니다. 자신이 남겨 둔 여백 어딘가에서 상대방의 여백과 만나는 것, 그것이 정치입니다."

곧 말로써 상대방으로부터 무언가를 얻어 내는 사람이 정치인이라는 이야기입니다. 정치인의 말은 액면 그대로 받아들여서는 안 된다는 것이지요. 양파처럼 까고 까야만 비로소 속셈을 들여다볼 수 있습니다. 외교를 수행하는 사람의 말도 속셈을 밖으로 드러내지 않습니다. 오랜 시간 평행선을 달리다가 서로를 지치게 한 다음에야 원하는 바를 얻어 냅니다.

하지만 그리스도인의 말을 정치인의 말처럼 파악해야 한다면 슬픈 일 아닐까요? 누군가와 대화하면 늘 가면 앞에 서는 느낌이 들 때가 있는데, 그가 바로 그리스도인이면 매우 난감해집니다. 심지어 목사라면 더욱 슬퍼집니다. 특히 교권 정치가 본업인 듯 정치인 흉내를 내고 교회에서까지도 정치인 행세를 하는 목사들이 있으니 기가 찰 노릇입니다.

그리스도인의 말은 사람의 가슴을 움직이는 말이어야 합니다. 그러자면 마땅히 진심을 담아야 합니다. 말에 진심을 담으려면 평소 생활 태도 하나하나에서 신뢰를 얻어야 합니다. 예로부터 장사의 도리에도 '신뢰'가 우선이라고 가르쳤습니다. 신뢰를 쌓는 일과 재산을 쌓는 일이 같다는 의미겠죠. 이 원리는 어디에나 통합니다. 말에 진심을 담고자 할 때도 신뢰를 쌓아야 합니다. 신뢰와 진심을 담은 말은 강철처럼 강합니다. 이런 말이 가슴에 닿으면 그 사람을 쿵쿵 울리게 만듭니다.

특히 설교를 하거나 리더의 자리에 서야 하는 목사들은 지나치게 원칙적인 말만 하지 많도록 주의해야 합니다. 가령 모든 대화의 결론을 기도와 말씀으로 못 박아 두는 경우가 있습니다. 기도와 말씀이 답이라는 건 주일학교 어린이도 다 아는 사실입니다. 목사는 교우들을 기도와 말씀의 자리로 어떻게 초청할 것인지 고민해야 합니다. 가는 길은 내게 묻지 마시고 아무튼 기도와 말씀의 자리로 가면 만사형통할 것이라고만 대답해서는 안 됩니다.

이처럼 원칙적으로 정답만 나열하는 말은 진심을 담기에 어울리지 않는 그릇입니다.

미국의 유명한 토크쇼 진행자 래리 킹(Larry King)은 "진심은 편안함으로부터 나온다"라고 말했습니다. 여기서 편안함이란 그리스도인에게는 영적 평화를 의미할 것입니다. 긴박한 상황에서도 하나님과 영적 '로그인' 상태를 유지함으로써 영적 평화를 누릴 수 있습니다. 그 연장 선상에서 비로소 우리는 진심을 담은 말에 이릅니다.

손양원 목사님은 아들 둘을 죽인 원수를 위해 구명 운동을 펼치면서 "이 학생을 죽인다면, 그것은 내 아들 형제의 죽음을 값없이 만드는 일이다"라고 말했습니다. 이렇게 말할 수 있었던 까닭은 목사님의 영혼에 영적 평화가 충만했기 때문이겠죠.

그러고 보면 진심 어린 대화란 정직한 마음을 담는 것이지만, 우리 그리스도인의 말에서 그 진심이란 하나님의 마음을 담는 것이기도 합니다.

성경에서

또 자기를 의롭다고 믿고 다른 사람을 멸시하는 자들에게 이 비유로 말씀하시되 두 사람이 기도하러 성전에 올라가니 하나는 바리새인이요 하나는 세리라 바리새인은 서서 따로 기도하여 이르되 하나님이여 나는 다른 사람들 곧 토색, 불의, 간음을 하는 자들과 같지 아니하고 이 세리와도 같지 아니함을 감사하나이다 나는 이레에 두 번씩 금식하고 또 소득의 십일조를 드리나이다 하고 세리는 멀리 서서 감히 눈을 들어 하늘을 쳐다보지도 못하고 다만 가슴을 치며 이르되 하나님이여 불쌍히 여기소서 나는 죄인이로소이다 하였느니라 내가 너희에게 이르노니 이에 저 바리새인이 아니고 이 사람이 의롭다 하심을 받고 그의 집으로 내려갔느니라 무릇 자기를 높이는 자는 낮아지고 자기를 낮추는 자는 높아지리라 하시니라(눅 18:9~14).

세리와 바리새인의 기도를 대비한 내용입니다. 세리는 가슴을 치며 기도합니다.

"하나님이여 나를 불쌍히 여겨 주십시오. 나는 죄인입니다."

우리는 세리의 기도가 진심으로 드리는 자기 고백이라는 사실을 단번에 알 수 있습니다. 이 기도에 대해 더 말할 것이 없습니다. 나는 다른 누구보다 나 자신의 진심을 잘 압니다. 정직하게 나를 들여다보기만 한다면 말입니다. 문득 진심 없는 기도를 드리고 있을 때가 있습니다. 그런 나 자신의 모습을 몇 차례 목격하다 보면 비로소 세리가 얼마나 하나님을 열망하며 기도하고 있는지 깨닫게 됩니다.

진심은 사과와 속죄를 내포합니다. 하나님 앞에 서면 무엇보다 회개와 자백으로 기도의 문을 열어야 합니다. 나의 허물을 인정함으로써 우리는 하나님과 진심으로 만나게 됩니다. 이것이야말로 온전히 내려놓는 기도이며, 온전한 말이기도 합니다.

예수님은 말씀이 육신이 되어 오신 분입니다. 성육신의 핵심이 하나님의 말씀입니다. 교회는 말씀이라는 머리를 가진 생명체입니다. 따라서 성도의 존재 방식도 말씀이어야 합니다. 하나님의 말씀은 그리스도인의 삶을 통해 구체적인 말로 나타납니다. 우리가 하는 말이 곧 우리 자신이고 우리 교회입니다. 그러므로 우리의 말과 마음이 다르지 않아야 합니다. 진심을 담아 말해야 합니다. 그래야 우리는 하나님과 연결됩니다.

Chapter **06**

관점 전환의 혜안

갈등의 늪에서
빠져나오고 싶다면
관점을 옮겨 보라

갈등을 종료시키는 한마디

관점의 전환은 대화의 막힌 벽을 뚫는 돌파구가 됩니다. 헤어날 수 없을 것 같은 대화의 늪에서 빠져나오는 방법이 바로 관점의 전환입니다.

오래전 이야기입니다. 시골 기찻길 옆에서 어린아이들이 모여 앉아 티격태격합니다.

"오동나무야."

"아니야, 박달나무야."

아이들은 기차 바퀴가 무슨 나무로 만들어졌는지를 두고 실랑이를 벌입니다. 아이들은 두 개의 답으로 갈렸습니다. 오동나무다. 아니다, 박달나무다. 서로 의견이 팽팽합니다. 이때 또래보다 머리 하나는 더 커 보이는 아이가 모여 앉은 아이들 옆을 지나다가 무슨 일로 싸우는지 묻습니다.

"대체 왜들 그래?"

"기차 바퀴가 글쎄 박달나무래. 말이 되니?"

"당연히 박달나무지. 오동나무로 어떻게 기차 바퀴를 만들어."

두 편의 주장을 듣고 있던 이 아이는 마치 해답을 알고 있다는 듯 말합니다.

"바보 같은 놈들. 가위바위보를 해 봐!"

간단한 문제를 가지고 왜 싸우고들 난리냐는 듯이 이 녀석이 내놓은 해법은 고작 가위바위보입니다. 더 재미있는 건 아이들의 반응입니다.

"그래, 가위바위보 하자!"

아이들에게는 기차 바퀴가 오동나무이든 박달나무이든 별로 중요하지 않습니다. 어떤 나무가 되든 큰일이 날 것도 없습니다. 단지 누가 맞는지 결정을 내리는 것이 더 중요해 보입니다. 그러니 가위바위보로 결정한들 무슨 대수일까요. 혼란만 잠재우면 되니 가위바위보만큼 훌륭한 해결 방법도 없는 거지요.

이야기를 통해 이런 생각을 해봅니다. 가끔은 우리가 겪는 갈등이나 논쟁도 결국 오동나무냐, 박달나무냐의 논쟁처럼 공허하고 오류투성이인 경우가 있습니다. 이 정도의 논쟁을 끝내는 해결책으로 '가위바위보'만 한 것도 없습니다. 그러고 보면 가위바위보로 결판내도록 한 그 녀석의 말 한마디는 관점을 전환한 놀라운 혜안이라 할 수 있습니다.

　교회에서 교우들 사이에 이런저런 갈등이 생기면 무척 난감해집니다. 더군다나 편을 갈라 다툴 때면 여간 피곤한 일이 아닙니다. 하지만 이런 갈등 가운데 어쩌면 '가위바위보'로 해결해도 될 정도의 문제도 있습니다. 자존심을 지키기 위해, 때로는 군중 심리에 휘말려, 이래도 되고 저래도 되는 선택에 목을 매는 경우가 많습니다. 하나님께서도 이런 경우에는 "얘들아, 가위바위보로 결정해!"라고 하실 것만 같습니다.

　목사도 이런 여유를 가지고 교우들의 갈등을 풀어야 할 때가 있지요. 모든 상황을 단번에 정리하는 한마디 말을 품고 있다면 얼마나 멋질까요. 그러려면 갈등에 함몰되기보다 거리를 두고 갈등을 객관적으로 볼 수 있는 '혜안'을 가져야 합니다. 그 혜안은 어쩌면 하나님의 눈일지도 모릅니다.

최고의 관점 '하나님의 눈'

　CBS 사목으로 일하다 보면 상담 전화를 받는 경우가 많습니다. 그중 가끔 금주나 금연 문제를 문의하는 분들이 계십니다. 이분들은 대부분 그리스도인이 금주와 금연을 해도 되느냐에 대한 명확한 대답을 요구합니다. 그러면 저는 처음에는 제 나름의 의견을 개진하고, 교회의 전통에 대해서도 성의껏 답을 합니다. 그러다가 언제부턴가 제 대답이 이분들에게 큰 의미가 없다는 사실을 깨달았습니다. 이런 문제는 대부분 '예스' 아니면 '노'로 대답해 줄 수 있는 경우가 흔치 않기 때문입니다.

그래서 요즘은 이렇게 대답합니다.

"선생님, 술 담배 문제는 목사인 저보다 오히려 의사와 상담하시는 편이 좋겠습니다."

기독교는 유일신을 믿는 신앙이지요. 하나님 한 분만 신성시되는 종교입니다. 즉, 하나님 한 분 외에는 어떤 것도 신성시되어서는 안 된다는 말입니다. 술과 담배 문제만 해도 그렇습니다.

한국 교회는 초기에 선교사들이 금주와 금연이라는 좋은 전통을 심은 뒤로 잘 유지해 왔지요. 하지만 이 전통이 유일하신 하나님의 자리를 대신해 신성시된다면 주객이 전도되는 것입니다. 전통을 지키고자 하나님을 잃는 우를 범하면 안 되겠지요. 이보다 더 어리석은 일이 어디 있겠습니까.

그런데 우리는 살면서 이처럼 주객이 전도되는 사례를 자주 접하게 됩니다. 하나님의 눈에는 큰 문제도 안 되는 것을 가지고서 이단으로 정죄하거나 함께하지 못할 원수를 대하듯 합니다. 그러나 대부분 갈등은 잘못된 관점에서 비롯됩니다. 물론 이런 경우에 쓰는 비유는 아니지만, '서는 자리가 다르면 바라보는 풍경도 달라지게 마련'입니다. 하나님의 자리에 서면 의외로 쉽게 풀리는 문제가 많습니다.

성경에서

> 어떤 이들은 투기와 분쟁으로 어떤 이들은 착한 뜻으로 그리스
> 도를 전파하나니 이들은 내가 복음을 변증하기 위하여 세우심
> 을 받은 줄 알고 사랑으로 하나 그들은 나의 매임에 괴로움을
> 더하게 할 줄로 생각하여 순수하지 못하게 다툼으로 그리스도
> 를 전파하느니라 그러면 무엇이냐 겉치레로 하나 참으로 하나
> 무슨 방도로 하든지 전파되는 것은 그리스도니 이로써 나는 기
> 뻐하고 또한 기뻐하리라(빌 1:15~18).

바울의 고백입니다. 바울은 사람들의 주된 관심사인 권력이
나 명예, 물욕을 좇지 않았으므로 그의 관점은 늘 신선했습니
다. 자신에게 고통을 주려는 의도로 그리스도를 전파하는 사
람들을 향해서도 기뻐하고 또한 기뻐하기로 합니다. 어찌 되
었든 그리스도가 전파된다는 본질만 바라본 까닭입니다.

예수님도 가끔 상황을 뒤바꾸는 혜안을 보이셨지요. 마태
복음 22장에서 세금 논쟁이 일어나자 이렇게 대답합니다.

"외식하는 자들아 어찌하여 나를 시험하느냐. 세금 낼 돈을
내게 보이라. (한 데나리온 동전을 들고) 이 형상과 이 글이 누구의
것이냐?"

"가이사의 것입니다."

"그러면 가이사의 것은 가이사에게, 하나님의 것은 하나님
께 바치라."

가끔은 우리가 겪는 갈등이나 논쟁도
결국 오동나무냐, 박달나무냐의 논쟁처럼 공허하고
오류투성이인 경우가 있습니다.

Chapter **07**

연약함의 힘, 친절

겸손하고 부드러운 친절이

평화와 사랑을 불러온다

나쁜 남자를 따뜻한 남자로

영화 〈남자가 사랑할 때〉에 등장하는 태일(황정민 분)은 나이만 먹었을 뿐 대책 없는 남자입니다. 형 집에 얹혀살며 조카에게 속된 말로 '돈 뜯기는' 바보 같은 남자이면서, 사채업주의 폭력배가 되어 빌려준 돈은 기필코 받아 오는 나쁜 남자이기도 합니다. 심지어 목사라도 인정사정 봐 주는 법이 없습니다. 여자에게 다가갈 땐 바지부터 내리고 보는 막무가내 사내입니다.

이 나쁜 남자를 따뜻한 남자로 바꾸는 여인이 호정(한혜진분)입니다. 호정은 빚을 진 아버지를 둔 딸입니다. 크지 않은 금융 기관에서 일하는 예쁘고 착한 그녀 앞에 '막가파'식의 사내 태일이 등장합니다.

태일은 병원에 입원한 호정의 아버지에게서 빚을 받아 내기 위해 위협을 가하고 폭력을 씁니다. 그런 태일 일당에게 호정은 앙칼지게 대들지만, 오히려 그들은 아버지의 빚을 딸이 갚아야 한다며 새로운 계약서를 강요합니다. 아버지에 이어 딸까지 고통스러운 늪에 빠져드는 그때, 태일은 그만 호정에게 빠져 버립니다. 이후 빚에 쪼들리며 살아가는 호정과 그녀를 상대로 이자를 뜯어 내야 하는 사내의 모순 같은 사랑 이야기가 이어집니다.

호정 역을 맡은 한혜진은 어느 주간지의 인터뷰에서 호정의 마음을 나름대로 분석합니다.

"호정은 너무 많은 걸 떠안고 있는, 그래서 어디 한군데 기댈 데 없는, 사랑할 여유조차 없는 여자예요. 그런데 말도 안 되는 상대가 나타나 계속 구애했을 때는, 어떤 대상이 생긴 거잖아요. 물론 싫다고는 하지만 태일이라는 대상이 생겼다는 사실 자체만으로도 이 여자의 삶에 뭔가 새로운 활력이 생겼을 것 같아요. 그래서 자존심 상하는 모든 상황을 태일에게 다 쏟아 내고 그러면서 어쩌면 마음을 열었다고 생각했어요. …… 호정은 대상이 필요한 사람이라는 생각이 들었어요. 호소하고 싶었을 거고, 답답하다, 괴롭다, 외롭다, 너무 힘들다고 얘기할 수 있는 대상이 필요한 인물이요. 그랬기 때문에 얼토당토않은 사람일지 모르지만, 순정적으로 열심히 나를 바라보는 남자에게 마음을 열 수 있겠다고 생각했어요."

호정이 태일에게 마음을 열어 가는 과정은 어쩌면 태일이 예전과 다른 새로운 남자로 태어나는 과정이기도 합니다. 이 영화만의 맛을 느낄 수 있는 부분입니다. 이런 점에서 호정의 표정 하나, 감정선 하나가 이야기를 이끌어 가는 힘입니다. 호정은 애써 자신을 드러내지 않지만 태일의 행동에 반응하며 미묘한 감정의 변화를 일으킵니다.

〈힐링캠프〉라는 TV 프로그램을 진행하던 한혜진의 역할이 참 중요하구나, 싶었던 때가 있습니다. 설경구라는 선배 배우를 앞에 두고 그의 아내가 보낸 편지를 읽어 주던 장면이었는데요. 한혜진은 편지를 읽을 때 오만 가지 감정으로 말해야 하는 설경구의 아내 송윤아가 되어, 낮고 다부지면서도 착잡한 목소리로 글자 하나하나를 읽어 갔습니다. 그 편지에 결국 설경구는 오열했지요.

영화 〈남자가 사랑할 때〉에서 저는 걸 그룹 소녀 같은 '강남 얼짱' 한혜진이 아닌, 가난과 사랑과 이별과 억울함까지 '겪어 본' 배우 한혜진이 굴곡 심한 세월 속에서 비로소 자신의 힘을 확보했구나, 생각했습니다.

존댓말 하시는 예수님

성경을 읽을 때마다 약간 거슬리는 부분이 있습니다. 이제 갓 서른을 넘긴 청년 예수의 말씀에서 느끼는 불편함입니다. 저는 예수님의 가르침이나 말투가 원래 겸손하고도 예의 바르지 않았을까 생각합니다. 신분 제도가 사라진 대한민국 사회의 언어로 변역하면, 예수님의 말씀은 지체 높은 '양반'의 말투가 아닌 착하고도 겸손한 청년의 말씨가 맞지 싶습니다.

예수님이 가버나움에서 백부장과 대화하는 장면을 볼까요. 개역 성경은 이렇게 번역합니다.

"주여 내 하인이 중풍으로 집에 누워 몹시 괴로워하나이다."

"내가 가서 고쳐 주리라."

"주여 내 집에 들어오심을 나는 감당하지 못하겠사오니 다만 말씀으로만 하옵소서. 그러면 내 하인이 낫겠사옵나이다. 나도 남의 수하에 있는 사람이요 내 아래에도 군사가 있으니 이더러 가라 하면 가고 저더러 오라 하면 오고 내 종더러 이것을 하라 하면 하나이다."

"내가 진실로 너희에게 이르노니 이스라엘 중 아무에게서도 이만한 믿음을 보지 못하였노라."

저는 이 구절을 읽을 때마다 고개를 갸우뚱거립니다. 적어도 대한민국에서 사는 사람이라면 서른 조금 지난 청년이 이렇게 말하지는 않을 것 같습니다. 하나님이신 예수님은 온전한 사람이기도 하셨습니다. 그 말인즉슨 사람의 법과 사람의 문화 속에서 온전히 존재하셨다는 것이고, 그렇게 본다면 적어도 대한민국 사회에서는 연장자를 향해 반말을 할 수는 없을 것입니다. 그러니 "제가 가서 고치겠습니다" "여러분들에게 말씀드리지만, 이스라엘에서 이분만 한 믿음을 보지 못했습니다"라고 번역해야 하지 않을까요? 물론 저의 생각일 뿐입니다.

우리는 은연중에 친절하면 품위가 없어 보인다고 생각합니다. 나아가 거만해야 권위가 있어 보인다고 생각하는 사람들도 있습니다. 판사의 판결문과 의사의 진단서가 그렇게 권위적이어야만 할까요? 전문적인 영역이니 그럴 수 있다고 생각하더라도 목사의 설교까지 판사의 판결문과 의사의 진단서 같다면 곤란하겠지요.

목양은 다른 말로 '돌봄'입니다. 따라서 목사의 일은 다분히 '여성적'이라 할 수 있습니다. 목사는 어린아이와 병든 환자, 죄짓고 갇힌 죄수의 편에 있을 때 비로소 이들의 낮은 목소리를 담아낼 수 있습니다. 못난 자식의 눈물을 받는 사람이 어머니이듯, 목사는 우리 사회의 사각지대에 사는 사람들의 슬픔에 귀 기울이는 사람이어야 합니다.

그래서 우리가 힘으로 삼는 것은 강함이 아니라 약함입니다. 정작 세상을 바꾸고 역사를 진보시키는 힘은 알고 보면 '연약함'이라는 힘입니다. 이와 관련해 『연약함의 힘』이라는 책에 좋은 비유가 나옵니다.

> 지배와 복종이라는 맹수의 힘이 아니라 부정의와 억압이라는 거대한 피라미드에 수억의 구멍을 내어 무너뜨리는 건강한 개미의 힘이 필요한 때입니다. 그리고 우리 몸에서 짜낸 실로 거

미처럼 네트워크를 만들고 넓혀 갈 때, 그 부드러운 거미줄로 맹수를 잡을 날이 올 것입니다.

우리는 가끔 영화나 드라마에서 강하고도 나쁜 남자를 온순한 양으로 만드는 가녀린 여인의 사랑을 봅니다. 그 사랑은 마치 낮은 데로 흘러 대지를 적시는 강물과도 같습니다. 활활 타올라 온 산을 태우는 불은 생명을 죽이지만, 조용하고도 깊이 흘러가는 강물은 생명을 살립니다. 살림의 힘입니다.

친절한 말도 연약함의 힘을 구성하는 한 부분입니다. 생명을 살리는 물이 자신을 표현하는 방식은 친절함입니다. 한 남자를 폭력과 공포로부터 불러내 평화와 사랑의 사람으로 변화시키는, 가녀린 여인의 말은 친절한 말입니다.

욕쟁이 식당 주인의 불친절

'친절'은 남을 대하는 태도가 성의 있고 정답고 고분고분한 것을 말합니다. 성경에서 말하는 '친절'은 이런 태도를 넘어 곤란을 겪거나 가난한 사람에게 이해와 동정과 배려를 보이는 소질입니다. 마음 없는 친절은 없습니다. 그래서 목사는 당연히 친절해야 합니다. 이는 선택 사항이 아니라 필수 전제 조건입니다.

우리는 진정성 있는 불친절이 진정성 없는 친절보다 낫다고도 말합니다. 그러나 진정성이 불친절과 어울릴 수 있는지는 생각해 볼 문제입니다. 또 진정성 없는 마음과 친절이 만날 수 있는지도 따져 봐야 합니다. 친절은 그저 태도의 문제가 아니라 마음과 태도를 이어 주는 어떤 것입니다. 진정성을 가진 말은 당연히 친절이라는 그릇에 담겨야 합니다.

가령, 욕쟁이 식당 주인아주머니를 떠올려 봅시다. 음식도 맛있고 손님을 배려하고 다 좋은데 말이 드세고 위압적이고 심지어 욕이 섞여 있기도 합니다. 이런 분은 진정성은 있으나 불친절하다고 말할 수 있습니다. 하지만 친절이라는 덕목을 태도의 측면에서만 본 경우입니다. 식당 아주머니는 맛있는 음식과 배려하는 마음을 잘못된 그릇에 담아낸 것입니다. 물론 누군가는 음식 맛이 좋아 아주머니의 불친절한 태도를 감수하면서까지 이 식당을 찾습니다.

하지만 이 문제는 스파게티를 대접에 담는 것 정도의 부조화를 말하는 게 아닙니다. 스파게티와 대접은 어울리지 않지만 그래도 스파게티를 먹을 수는 있지요. 대접에 어울리는 다른 음식이 있으니 대접 그 자체가 문제는 아닙니다. 단지 스파게티와 어울리지 않을 뿐입니다. 그러나 불친절이라는 그릇은 그 자체로도 선이 아닙니다. '불친절한 진정성'이라는 말은 이미 형용모순입니다. 그리스도인, 그러니까 예수님의 사랑으로 용서를 입은 그리스도인은 친절해도 되고 불친절해도 되는 존재가 아닙니다. 친절해야 합니다. 그리스도인으로서 삶의 콘

텐츠를 불친절이라는 그릇에 담아서도 안 되지만, 불친절 그 자체가 잘못된 그릇입니다. 마치 재떨이나 신발 같은 데에 음식을 담는 것과 다르지 않습니다.

예컨대 설교자는 설교를 할 때 무례하게 반말지거리를 해서는 안 됩니다. 청중을 존중하면서 적합하고도 어울리는 단어를 선택해야 합니다. 청중의 생각과 경험, 문화, 배움의 정도 등을 고려해 최선의 언어를 구사해야 합니다. 같은 내용의 메시지라도 청중에게 맞는 표현과 설명을 해야 합니다. 이것까지가 모두 친절입니다.

설교에서 사례나 예화를 들 때도 무례하지 않고 적절하며 겸손해야 합니다. 정성껏 치밀하게 준비해야 하고, 여러 청중의 마음을 살펴야 하며, 그들을 이해할 수 있도록 해야 합니다. 지구의 중심은 연약한 사람이라고 말합니다. 마치 우리 몸에서 아픈 부위가 있으면 온몸이 그 부위에 집중하는 것과 마찬가지입니다. 이 말은 곧 목회나 설교를 할 때 기준이 어떠해야 하는지를 알려 줍니다. 가난이나 병으로 고통당하는 교우, 믿음이 연약하거나 시험을 받는 교우, 아직 배움이 적은 어린 교우, 이들이 기준과 우선순위가 되어야 합니다.

효율의 법칙은 대(大)를 위해 소(小)를 희생시킵니다. 하지만 천하보다 한 영혼의 가치를 소중히 여기는 하나님 나라의 법칙에서는, 적어도 영혼을 대와 소를 나눌 수 없습니다. 하나가 천(千)이고, 천이 하나이므로 같은 무게입니다.

오병이어의 기적이 일어나던 그 시각, 청중 속에는 어린아이도 함께 있었습니다. 예수님의 가르침에 가장 적절하게 반응한 사람은 어린아이였습니다. 오병이어를 예수님의 손에 올려 드린 사람이 바로 그 어린아이이기 때문입니다. 뒤집어 보면 예수님의 설교가 어린아이까지 이해할 수 있을 만큼 친절했다는 말이기도 합니다.

친절이 태어나는 땅

세계에서 가장 친절한 도시는 어디일까요? 한 여행 전문 잡지가 2014년에 설문조사를 한 결과를 보면, 호주의 멜버른과 뉴질랜드의 오클랜드가 '친절한 도시' 공동 1위였습니다. 멜버른 사람들은 조급하지 않고 여유 있으며 친절이 몸에 배었다고 합니다. 오클랜드 사람들도 푸근하고 너그러우며 노래와 춤으로 손님을 환대하는 마오리족 정신이 여전히 흐르고 있는 도시라고 합니다.

그런데 흥미로운 사실은 멜버른이 경제 잡지 『이코노미스트』로부터 세계에서 가장 살기 좋은 도시 1위의 영예를 다섯 번이나 연속으로 차지했다는 것입니다. 아기자기한 카페와 울창한 숲, 아름다운 바닷가를 갖춘 깨끗한 환경 도시이기 때문이라고 하네요. 오클랜드 역시 살기 좋은 도시로 늘 상위권에 오르는데, 간헐 온천과 호수, 진귀한 화산 지형 등 청정 자연을 형성한 도시랍니다.

그러고 보면 멜버른과 오클랜드 시민들의 친절은 아름답고도 깨끗한 자연환경으로부터 탄생했다고 볼 수도 있겠네요. 평화로운 환경에서 평화로운 마음이 생겨나고 친절한 삶이 만들어지나 봅니다.

지금은 조금 달라졌지만, 20년 전만 하더라도 해외여행을 하고 우리나라로 돌아왔을 때 외국과는 다른 공항 분위기에 깜짝 놀랐습니다. 직원들의 무표정과 딱딱한 말투, 공항 곳곳에 부착된 표지판의 형식적인 어투, 어깨를 툭 부딪치고도 미안하다는 말 한마디 없이 지나가 버리는 행인들……. 대한민국 시민들의 불친절이 어쩌면 다른 나라들과 그렇게 확연히 구분되던지요.

우리나라 자연환경이 호주나 뉴질랜드보다 못하다는 생각이 들지 않는데, 대체 왜 그렇게 호주나 뉴질랜드와는 분위기가 달랐을까요? 버스를 탈 때도, 건널목을 건널 때도, 직장에서 일할 때도, 심지어 가정에서 집안일을 하면서도 '빨리빨리' 움직이지 않으면 비난을 들어야 하므로, 이런 사회에서 친절함을 기대하기란 무척 어려운 것 같습니다.

전쟁의 폐허 위에서 경제를 일으키려다 보니 마음가짐을 독하게 먹을 수밖에 없었다고 위로해 보지만, 그렇더라도 언제까지 '독한 마음'만 품고 살 수는 없겠지요. 호주와 뉴질랜드의 국민처럼 우리도 이 아름다운 하늘과 산과 강과 바다를 바라보면서, 지금보다 조금 느리고 약간은 더 가난하더라도 여유를 가지고 사람에게 좀 더 집중하면 우리 아들딸들이 살아가기에 더 좋은 대한민국이 되지 않을까요?

같은 이치로 그리스도인도 수많은 부담감을 내려놓고 성경 말씀의 본질을 더 깊이 묵상하고 평화로운 일상의 여유를 회복한다면 타인을 향해서 좀 더 정겹고 부드럽고 환한 표정을 지을 수 있지 않을까요? 그동안 우리는 너무 많은 일을 해 왔는지도 모릅니다. 교회 성장에 목을 매야 할 만큼 일그러진 풍토 속에서 힘들어하며 고생했습니다. 결과는 오히려 하나님을 욕되게 한 셈이 되었고요. 이제 우리는 모든 걸 내려놓고 하나님의 보폭에 맞춰 호흡을 조절해야 할 때입니다.

그러면 우리의 말도 달라질 것입니다. 무엇보다 따뜻하고 부드러울 것입니다. 친절은 이런 환경에서만 길러지는 미덕이기 때문입니다.

성경에서

사람들이 어린이들을 예수께 데리고 와서 쓰다듬어 주시기를 바랐는데, 제자들이 그들을 꾸짖었다. 그러나 이것을 보시고 예수께서 노하셔서 제자들에게 말씀하셨다.

"어린이들이 내게 오는 것을 허락하고 막지 말아라. 하나님의 나라는 이런 사람들의 것이다. 내가 진정으로 너희에게 말한다.

누구든지 어린이와 같이 하나님의 나라를 받아들이지 않는 사람은 거기에 들어가지 못할 것이다."

그리고 예수께서는 어린이들을 껴안으시고, 그들에게 손을 얹어서 축복하여 주셨다(막 10:13~16, 표준새번역).

제자들은 예수님께로 나아오는 사람을 통제하는 '지도 위원' 같아 보입니다. 지금 제자들은 이른바 '갑'의 자리에 있습니다. 급기야 어린아이까지 접근하지 못하게 합니다. "애들은 가라!" 오래전 시골 장터에서 약장수가 하던 말이 제자들에게서 들립니다. 약장수가 어린아이들을 막은 까닭은 구매력이 없었기 때문입니다. 그런데 제자들이 어린아이들을 오지 못하게 한 까닭은 알다가도 모를 일입니다. 아동과 여성과 노예를 투명 인간 취급하던 시대여서 그럴까요? 제자들은 예수님의 구원이 이들에게는 예외라고 생각한 것일까요? 인권의 사각지대를 비추지 못하는 복음은 과연 진정한 복음일까요?

제자들의 행동을 꾸짖는 예수님의 의도는 뚜렷합니다. 사람들이 주목하지 않던 그 '사각지대'를 먼저 비추고자 하셨습니다. 진정한 친절이란 바로 이런 것입니다. 어린아이, 여성, 노예를 하찮게 대해도 된다는 통념을 뒤엎는 일입니다. 모든 사람, 아니 모든 생명을 향해 창조주의 따뜻한 시선을 가지는 일입니다. 그리스도인의 친절한 말 한마디는 거기서부터 시작됩니다.

Chapter 08

어떤 말보다 진한 공감

깊은 공감은
깊은 이야기를
이끌어 낸다

어느 목사님의 탁월한 공감 능력

많은 분이 CBS의 프로그램 〈새롭게 하소서〉를 진행했습니다. 그중에 저는 임동진 목사님의 진행이 무척 좋았습니다. 목사님은 누구보다 출연자에게 깊이 공감할 줄 아는 분이었습니다.

출연자가 진솔한 이야기를 꺼내거나 눈가에 눈물이 맺힐 때면, 가슴 아프고 외롭고 힘든 과거를 고백할 때면, 임 목사님은 그 상황 속에 깊이 몰입할 줄 알았습니다. 무엇보다 인상적인 '한 마디'는 눈물에 잠긴 목소리로 가슴 저 밑바닥에서 올라오는 것 같은 "아아" 하는 감탄사였습니다. 그 외마디의 감탄사를 들으며 다른 어떤 말보다 출연자를 깊이 공감하고 있구나, 생각했습니다.

억울하거나 화가 나는 사연을 들을 때는 허리에 힘을 주고 고개를 숙이면서 끙끙거렸는데, 이때도 출연자는 '아! 이분이 내 말에 깊이 공감하고 있구나!'라고 느꼈을 것입니다. 이런 공감대가 형성되면 출연자는 더 깊은 이야기로 들어갔습니다.

얼마나 공감 능력이 뛰어났으면 출연자가 감탄하며 "대단하십니다. 그 상황을 어찌 그리 다 이해하시는지⋯⋯."라고 합니다. 그러면 임 목사님은 그저 "허어" 하고 웃었습니다.

임 목사님의 모습을 보면 사람이 가진 표현 방법은 다양한데, 그중 말이 차지하는 비중은 절반도 안 되는 것 같다는 생각이 듭니다. 표정과 손짓 발짓, 호흡의 고저장단까지 그야말로 말 이외의 '말'들이 우리의 의사소통을 풍성하게 해 준다고 생각합니다.

판소리의 추임새 '공감의 한마디'

판소리는 따지고 보면 1인극입니다. 그런데 그 한 사람의 소리를 돕기 위한 북잡이, 곧 고수(鼓手)의 '추임새'로 훨씬 입체적이고 폭넓은 감동이 전해집니다. 추임새란 판소리에서 장단을 짚는 고수가 군데군데 소리의 끝부분에 넣는 '좋다' '좋지' '으이' '얼씨구' '흥' 등의 감탄사를 말합니다. 판소리에서는 고수의 추임새가 몇 가지 매우 중요한 기능을 합니다.

첫째, 소리꾼의 흥을 돋워서 좀 더 나은 소리를 낼 수 있도록 합니다. 특히 소리꾼이 지쳐서 소리가 가라앉을 때 고수의 힘찬 추임새는 소리꾼이 힘을 내는 데 결정적인 도움을 줄 수 있습니다. 물론 청중의 흥을 돋우는 역할도 합니다. 둘째, 소리의 강약에 따라 추임새를 넣어서 소리꾼의 소리를 보충해 줍니다. 셋째, 이게 참 멋진 표현인데, '소리의 공간을 메워 준다'고 합니다. 즉, 서양 음악에서 반주가 보충해 주는 소리 사이의 공간을 판소리에서는 고수가 메워 주는 것입니다. 넷째, 고수가 소리꾼의 상대역을 대신하기도 합니다. 〈춘향가〉에서 어사와 장모가 만나는 장면에서 소리꾼이 "어디를 갔다가 인제 오는가, 이 사람아!" 할 때 고수가 "얼씨구!"라고 추임새를 넣기도 하지만, "서울 갔다 오네, 이 사람아!"라고 대답을 대신하는 때도 있습니다.

이처럼 고수의 추임새 기능이 중요해 예로부터 판소리를 하는 사람들 사이에는 '일고수이명창(一鼓手二名唱)'이라는 표현이 나돌 정도입니다.

저는 여기에 '공감'의 표현이라는 기능을 더하고 싶습니다. 추임새는 소리꾼의 소리에 공감하는 방식이고 소리에 깊이 동참하는 몰입의 표현이기도 합니다. 내 이야기에 누군가 귀를 기울이고 있다면 소리꾼은 더 신명 나는 소리를 낼 수 있습니다.

추임새의 기능은 우리의 대화에서도 매우 중요합니다. 가족이 함께하는 식탁에서도 아내 또는 엄마가 차린 식탁을 대하는 자연스러운 '추임새'가 필요한데, 가령 "이 찌개가 참 맛있

네!", "역시 대단해!" 하는 한 마디가 그런 추임새 아닐까요.

물론 격에 맞지 않는 추임새는 안 하는 것만 못합니다. 그런 추임새는 대화를 망치거나 분위기에 찬물을 끼얹습니다. 예전에 '보름달'이라는 빵의 CF가 꽤 유명했습니다. 청춘 남녀가 밤에 보름달을 올려다보면서 대화를 나누는 장면이 나옵니다. 여자 친구가 먼저 말을 꺼냅니다.

"달이 참 밝네!"

그러자 남자 친구가 추임새를 넣습니다. 그런데 추임새가 조금 이상합니다.

"보름달이니까!"

참 재미없는 추임새가 아닐 수 없습니다. 말이 많다고 말을 잘하는 건 아닙니다. 유창한 말을 잘하는 말로 정의해서도 안 됩니다. 상대방의 말에 공감하고 서로의 의사를 잘 소통할 줄 알 때, 말을 잘한다고 해야 합니다. 상대방이 말하도록 공간을 열어 주는 사람, 때로는 감탄하고 때로는 고개를 끄덕이며 함께 눈살을 찌푸리기도 하면서 끊임없이 말의 흐름을 이을 줄 아는 사람, 그 사람이 분명 말을 잘하는 사람입니다.

남발하는 추임새, 회복해야 하는 추임새

그리스도인의 추임새를 살펴보면 우선 떠오르는 말 있습니다. 대표적인 것이 '아멘'입니다. 누가 뭐라고 해도 그리스도인의 언어에서 추임새 역할을 합니다. 설교 중에 '아멘'이라고 하거나, 기도 중에도 '아멘'이라고 합니다. 심지어 대화 중에도 '아멘'이라는 추임새를 넣습니다. 진심을 담은 '아멘'은 깊은 공감과 집중을 불러일으킵니다. 적어도 그리스도인이 모인 자리에서 '아멘'이라는 추임새는 판소리의 추임새 못지않게 긍정적인 기능을 합니다.

하지만 의미 없는 '아멘'의 남발은 문제가 됩니다. 특히 집회를 인도하는 설교자가 '아멘'을 강요해 아무 의미 없는 '아멘'이 쩡쩡 울리기도 합니다. 의미를 담지 않은 언어일 뿐만 아니라, 무엇보다 '아멘'의 가치를 상실해 버릴 수도 있습니다. 이 선동적인 추임새가 있어야 하는 집회의 경우, 그 힘이 삶으로 연결되는 데 실패합니다. 심지어 '아멘'을 유발하는 멘트를 집중적으로 구사하는 설교자도 있습니다.

'아멘'과 더불어 그리스도인들이 대화를 나눌 때 자주 사용하는 추임새는 "기도해 봅시다" "기도해 보겠습니다" "기도해 보세요" "기도해 보고 말씀드리겠습니다" 등입니다. 이런 말은 본래 '아멘'처럼 매우 의미가 깊습니다. 그리스도인의 독특한 대화 문화를 형성하는 데 참 적절한 표현이거니와 기도를 통한 영적 삶을 강조하는 데도 매우 적절합니다.

따라서 이런 추임새들은 많이 언급되면 좋습니다. 하지만 제 의미를 상실한 채 아무 뜻 없이 남발할 때가 있어서 문제입니다.

목사인 저에게도 그런 경험이 있습니다. 어느 지인으로부터 힘든 삶의 이야기를 듣고 난 뒤 저는 당연한 듯 말했습니다.

"얼마나 힘드셨어요! 기도하겠습니다."

그렇게 대화하고 나서 한두 달 지나 다시 지인을 만났습니다. 그가 먼저 내게 달려와 두 손을 잡고는 반가워하며 말했습니다.

"목사님, 기도해 주셔서 그런지 결과가 참 좋았습니다."

나는 순간 이분이 무슨 말을 하는지 도무지 알 수 없었습니다. "아, 네" 하고 대답은 하면서도 속으로는 '내가 무슨 기도를 했던가요?' 하고 되묻고 있었습니다.

너무 쉽게 뱉어 놓은 "기도하겠습니다"라는 말이 오히려 가증스럽기까지 합니다. 저는 이런 일을 몇 차례 겪은 뒤 가능하면 현장에서 함께 기도합니다. 심지어 상대방으로부터 "생각날 때마다 기도해 주세요"라고 기도 부탁을 받을 때도, 가능하면 "여기서 우선 기도합시다"라고 말해서 우선 그 의무를 벗어 버리는 편입니다.

성경에서

열두 해를 혈루증으로 앓아 온 한 여자가 있어 많은 의사에게 많은 괴로움을 받았고 가진 것도 다 허비하였으되 아무 효험이 없고 도리어 더 중하여졌던 차에 예수의 소문을 듣고 무리

가운데 끼어 뒤로 와서 그의 옷에 손을 대니 이는 내가 그의 옷에만 손을 대어도 구원을 받으리라 생각함일러라 이에 그의 혈루 근원이 곧 마르매 병이 나은 줄을 몸에 깨달으니라 예수께서 그 능력이 자기에게서 나간 줄을 곧 스스로 아시고 무리 가운데서 돌이켜 말씀하시되 누가 내 옷에 손을 대었느냐 하시니 제자들이 여쭙되 무리가 에워싸 미는 것을 보시며 누가 내게 손을 대었느냐 물으시나이까 하되 예수께서 이 일 행한 여자를 보려고 둘러보시니 여자가 자기에게 이루어진 일을 알고 두려워하여 떨며 와서 그 앞에 엎드려 모든 사실을 여쭈니 예수께서 이르시되 딸아 네 믿음이 너를 구원하였으니 평안히 가라 네 병에서 놓여 건강할지어다(막 5:25~34).

이 본문은 아주 간단한 이야기입니다. 그런데 이 이야기를 '예수님의 공감 능력'이라는 주제로 읽으면 더 없이 감동적입니다.

예수님은 자신의 '능력'이 몸에서 빠져나간 사실을 깨달았다고 합니다. 마치 우리 몸의 기운이 쑥 빠지는 듯한 느낌일지 모르겠습니다. 그래서 예수님은 "누가 내 옷에 손을 대었느냐?"라고 물었습니다.

제자들도 예수님의 이 질문을 이해할 수 없었습니다.

"아니 무슨 말씀입니까? 이렇게 수많은 사람이 당신을 에워싸고 밀고 있는데 누가 손을 대었느냐고 물으시면 여기 있는 사람 모두를 향해서 하시는 말씀입니까?"

그런데도 예수님은 한 사람을 지목하고 있습니다. 이때 양심 바른 한 여인이 "그 사람이 저입니다"라고 하며 나섭니다. 예수님에게 책망과 꾸지람을 받을까 두려워 떨었습니다. 여인은 자신의 처지를 상세하게 설명하면서 왜 그렇게 했는지 스스로를 변호합니다. 그러자 의외의 대답이 들려왔습니다.

"딸아, 너의 믿음이 너를 구원했구나. 아무 걱정하지 말고 평안히 가렴. 이제부터는 건강해야 해!"

복음서에서 우리는 이보다 따뜻하고 친근한 호칭을 발견하기 어렵습니다. "딸아!" 오랫동안 혈루증을 앓아 온 여인의 간절한 마음을 누구보다 잘 공감했습니다. 예수님은 자신의 능력이 새 나간 사실을 아셨다고 말씀했는데, 사람들은 이 말씀을 "누가 내 능력을 허락도 없이 훔쳐 갔어?"라는 의미로 해석해 버렸습니다.

이것이 우리의 수준인지도 모릅니다. 그래서 여인처럼 예수님을 두려워할 수도 있습니다. 그러나 천만의 말씀입니다. 오해일 뿐이지요. 예수님의 말씀은 어쩌면 "나에게 간절한 마음으로 와 닿은 누군가가 있다"라는 의미로 봐야 합니다. 간절함에 공감할 줄 아는 힘, 예수님은 바로 그 공감 능력을 갖춘 분이었습니다.

누군가의 간절함을 감지할 줄 아는 능력, 우리도 하나님의 성정을 지닌 존재라면 마땅히 그 능력이 있어야 하지 않을까요? 그런데 지금 그렇지 못하다는 건 곧 우리가 '죄인'이어서 그렇습니다. 누군가의 간절함을 느끼지 못하는 순간, 우리는 그때마다 내가 죄인임을 고백하고 아파해야 할 것입니다.

상대방이 말하도록 공간을 열어 주는 사람,
때로는 감탄하고 때로는 고개를 끄덕이며
함께 눈살을 찌푸리기도 하면서 끊임없이
말의 흐름을 이을 줄 아는 사람,
그 사람이 분명 말을 잘하는 사람입니다.

Chapter **09**

담백해서 더 건강한 말

과장되거나 왜곡된 말은
다이어트가 필요하다

설교 속 언어들이 제자리를 잃다

설교에 등장하는 단어를 주의해서 보세요. 빈번하게 사용되는 '최상급' 표현에 설교자 스스로도 놀랄지 모릅니다. '가장' '최고' '최초' '최대' 등의 표현이 무분별하게 등장하지요. 이런 표현은 희소해야만 가치가 있는데, 우리의 설교에서는 너무 흔하게 등장해 가치가 제대로 빛나지 않습니다.

설교를 비롯해 목사의 말이 무게를 잃는 이유 가운데 하나는 감동을 주어야 한다는 지나친 강박관념입니다.

청중이나 설교자나 강단에서 전하는 메시지가 강한 감동을 주지 않으면 안 된다는 '감동 강박'에 지나치게 몰입되어 있습니다. 마치 TV에서 시청률 경쟁을 하듯 강한 충격을 주지 않으면 주목을 받을 수 없다는 두려움에 사로잡혀 있습니다. 드라마에서는 재벌이 등장해야 하고, 화려한 액션이 수를 놓아야 하고, 출생의 비밀이 곳곳에서 터져 나와야 합니다. 사랑도 극단적이어야 합니다. 맵거나 짜거나 톡 쏘거나 하지 않으면 음식 장사는 끝이라고 생각하는 것과 다를 바 없습니다. 라면도 '신'라면이어야 하고, 닭도 '불'닭이어야 합니다. 그래서 막장 드라마가 버젓이 전파를 타듯, '막장 설교'도 버젓이 강단을 누비고 있습니다.

'좋은 설교'에 대해 강의하는 한 목사가 "내 설교에는 '폭탄'을 몇 개씩 준비한다"고 했던 말이 기억납니다. 즉, 설교에 폭탄 같은 충격적인 요소가 장착되어 있어야 청중들의 이목을 끌 수 있다는 말입니다. 건조한 설교는 들어 줄 청중이 없다는 말이겠죠.

과연 그럴까요? 자극적인 음식이 건강에 좋지 않다는 사실을 알면서도 꼭 자극으로 음식 장사에 승부를 걸어야 할까요? 왜 극단적이어야만 주목한다고 믿을까요? 그리고 왜 영화는 대박을 터뜨려야 하고, 드라마는 시청률로 가치를 판단해야 하며, 폭탄을 터트려야만 관객이 감동할 것이라고 믿을까요?

CBS의 장수 프로그램 〈새롭게 하소서〉가 햇수를 더하면서 생겨난 부정적인 측면이 있습니다. 이제 어지간한 간증은 간증 축에도 끼지 못한다는 편견이 생긴 것입니다. 죽다가 살아나는 기적까지는 아니더라도, 그 정도의 드라마틱한 반전이 없으면 시청자로부터 외면받기 십상이라고 생각하는 것이지요. 예전에 어떤 코미디 프로그램에서 한 연변 총각이 "우리

연변에서 이 정도는 아무것도 아닙니다!"라면서 말 그대로 극단의 극단을 즐비하게 늘어놓던 장면이 떠오릅니다. 사실 극단적인 것은 특별할지는 몰라도 정상은 아니지요. 극단에 물든 우리를 보고 있노라면 비정상이 정상이 되어 버린 세상과 닮아 안타깝기 그지없습니다.

우리나라 사람들이 극단적인 성향을 갖게 된 역사적 배경이 있다고 합니다. 처음에 인류가 아프리카에서 이동하기 시작해 머나먼 아시아 대륙에 이르러서도 정착하지 않고, 더 좋은 것, 더 특별한 것, 더 엄청난 것을 찾아 동으로 동으로 이동했는데, 더 이상 갈 데가 없어서 멈춘 사람들이 바로 우리 조상이라고 합니다. 그래서 우리는 가장 극단적인 조상의 유전자를 받아 어느 나라 사람보다 더 극단적이라는 것이지요. 이 말을 듣던 누군가가 "그러면 일본은 더 독하겠네요?"라고 했지요. 아무튼 믿거나 말거나 한 우스갯소리지만, 우리는 참 극단적인 것을 좋아하는 국민인 것만은 사실인 듯합니다.

이 나라의 그리스도인들조차 극단적인 감동 강박에 시달리고 있습니다. 이런 스트레스로 설교자는 과장하고 왜곡하는 말하기 습관을 갖게 된 것이 아닐까요. 극단적인 표현으로 치달을 수밖에 없는 우리의 풍토를 모르는 바 아니지만, 그럼에도 그리스도인은 정직하고 친근하며 사람을 세우는 말을 해야 합니다. 스스로 말하는 습관을 돌아보면서 고치고 또 고치는 노력을 해야 합니다.

자극적인 음식이 건강을 해치는 것처럼 자극에 의존하는 설교 역시 청중에게 부정적인 영향을 미칩니다. 자극적인 설교에 익숙해진 교인은 설교자를 선택하는 기준이 유별스럽기 마련이지요. 유머가 풍부해야 하고, 화술이 유창해야 하며, 적절하게 소리도 질러 줘야 하고, 그러면서도 감동 폭탄을 펑펑 터트려 줘야 합니다. 이런 설교가 아니면 좀처럼 주목하지 못합니다.

그게 왜 잘못이냐고요? 잘못입니다. 자기 귀에 익숙한 설교만 들을 수 있기 때문에 다른 수많은 설교는 듣지 못합니다. '설교 편식'이 심해져 결국 신앙의 건강을 잃기 쉽습니다. 햄버거와 피자와 치킨에 입맛이 편중된 아이들이 몸에 좋은 야채나 현미밥을 먹지 않아 건강에 문제가 생기는 것처럼, 까다로운 귀를 가진 '편식쟁이' 청중 역시 영적 건강에 이상이 생길 수밖에 없습니다.

설교자의 언변이나 설교 원고의 기술에 휘둘리지 않고 하나님의 말씀에 주목하고 그 말씀이 옳은가 상고할 힘을 갖도록 해 줄 때 진정 좋은 설교라고 생각해야 합니다. 또 교인이 스스로 그런 능력을 배양할 수 있을 때 교회의 건강이 유지될 수 있습니다.

말이 무질서한 세상

2012년에 한국교회목회자협의회가 설문조사를 했습니다. 비기독교인이 우리나라 주요 종교에 대해 갖는 신뢰도를 보면, 천주교를 가장 신뢰하고, 그다음이 불교, 그다음이 개신교입니다. 특히 목사에 대한 신뢰도는 23.5%로 나타났습니다. 신부나 승려보다 낮은 수준입니다. 『시사저널』이 2009년에 여러 직업의 신뢰도를 조사한 결과, 목사는 25위로 신부나 승려보다 크게 낮았습니다. 심지어 검사나 세무사보다 낮았고, 기업인과 비슷한 수준이었습니다.

어디 가서 '목사'라고 말하기가 창피한 세상이지요. 대체 왜 목사에 대한 불신이 이토록 팽배해졌을까요? 조사 결과를 보면, 세속화, 교세 확장, 헌금 강요 등 이미 많이 들어서 익숙한 내용을 원인으로 지목하고 있습니다.

바닥에 떨어진 신뢰도를 어떻게 끌어올릴 수 있을까요? 공자는 '정명(正名)'으로 세상을 바로잡는 일이 정치의 첫걸음이라고 말했습니다. 세상에 일그러지고 잘못된 것을 제자리로 돌려놓으면 비로소 가지런해진다는 말입니다.

『논어』「안연」편에 다음과 같은 구절이 나옵니다.

사람들이 제 본분을 다하지 않으면 말이 무질서해지고,

말이 무질서해지면 세상의 일이 이뤄지지 않으며,

일이 제대로 이뤄지지 않고는 예와 악이 일어나지 않고,

이리되면 죄에 대한 형벌이 공평하지 않고,
결국, 백성들이 손발을 둘 곳이 없어진다.

名不正 則言不順
言不順 則事不成
事不成 則禮樂不興
禮樂不興 則刑罰不中
刑罰不中 則民無所措手足

이 구절을 제 나름대로 풀이하면 이렇습니다. 여기서 '사람들이 제 본분을 다하지 않으면 말이 무질서해진다'라는 것은 사람들이 자신의 사명이 무엇인지 망각하면 우선 말이 달라진다는 것입니다. 어떻게 달라지느냐 하면 거짓말과 난폭한 말이 난무하고 겉만 화려한 미사여구와 과장된 말들에 집착한다는 것으로 보입니다.

가령 지금 우리의 말을 들여다보면 얼마나 과장이 심하고 허세가 잔뜩 들어차 있는지 금방 알 수 있습니다. 어떤 목사는 스스로를 과장하고 자랑하는 말에 익숙합니다. 병든 사람에게 안수했더니 벌떡 일어나더라, 하고 말하는 분을 보면 그것이 주님이 하신 일이라는 생각은 추호도 하지 않는 것 같습니다. 사람을 앞에 놓고 칭찬하는 말을 늘어놓거나 '비행기를 태우는 일'도 아무렇지 않게 잘하는데, 그 말들이 얼마나 영혼

없이 허황된지 이제는 교인끼리 서로의 말을 신뢰하지 않을 정도입니다.

교회에서 오가는 말들이 얼마나 제자리를 잡지 못하고 있는지 모릅니다. 어떤 목사가 교인의 호칭을 어떻게 불러야 할지 고민이 된다고 하자 누군가 이렇게 말했습니다. "그냥 연세가 조금 있어 보이면 권사님, 장로님이라고 부르세요. 높여 주는 데 손해 볼 것 있나요?" 이를 두고 공자의 표현을 빌려 말하면 언불순(言不順), 곧 말이 무질서하다고 할 수 있습니다.

'칭찬은 고래도 춤추게 한다'라는 말을 패러디해서 '진정성 없는 칭찬은 고래도 우울하게 한다'라고 하지요. 그리스도인의 허황된 칭찬 언사가 꼭 그 꼴입니다.

과장은 왜곡을 낳는다

과장은 필연적으로 왜곡을 낳습니다. 있는 사실을 굳이 과장해서 말할 때는 반드시 의도하는 바가 있기 마련입니다. 교세를 부풀리는 이유는 허세를 부리기 위함이고, 최상급을 가져와야 하는 이유는 허술한 논리를 억지로 증명하기 위함이며, 진정성 없는 칭찬을 남발하는 이유는 관계를 어떻게든 좋게 하기 위함입니다. 결국 이 모든 것은 거짓입니다. 거짓과 위선으로 만든 탑은 언젠가는 무너지고 맙니다.

자신이 얻고자 하는 것을 억지로 소유하기 위해, 사실을 왜곡하기도 하고 검증되지 않은 정보를 공공장소에서 사실인 양 퍼트리기도 합니다. 어리석은 사람은 진실을 몰라서 사실이 아닌 것을 사실인 양 말하고, 더 어리석은 사람은 진실을 알면서도 고의로 사실을 왜곡합니다.

가장 큰 문제는 성경 말씀의 왜곡입니다. 대한성서공회에서 일하신 민영진 박사님의 글 한 편을 보면 매우 황당한 사실을 알게 됩니다.

예전에 대한성서공회에서 번역자 모임이 있었는데, 먼저 아침 기도회 시간에 이사야 34장 16절 말씀을 함께 읽고 묵상하는 시간을 가졌다고 합니다. 개역 성경에 본문은 이렇게 기록되어 있습니다.

> 너희는 여호와의 책을 자세히 읽어 보아라 이것들이 하나도 빠진 것이 없고 하나도 그 짝이 없는 것이 없으리니 이는 여호와의 입이 이를 명하셨고 그의 신이 이것들을 모으셨음이라.

그런데 한 분이 이 본문을 두고 다음과 같이 해설했다고 합니다. 여기 '여호와의 책'은 성경을 가리키는 것이고, '이것들'은 성경 속의 말씀들을 가리키며, '하나도 빠진 것이 없고'는 하나님의 말씀이 완전하다는 뜻이고, '하나도 그 짝이 없는 것이 없으리니'는 성경은 성경으로 푼다는 성경 해석의 원리를 제공하며, '여호와의 입이 이를 명하셨고'는 성경의 말씀은 모두 여호와께서 직접 하신 말씀이라는 의미이며, '그의 신이 이것을 모으셨음이라'는 성경의 말씀이 모두 하나님의 영감으로 된 것임을 말한다고 했습니다.

그러나 민영진 박사님은 이 해석이 본문의 본래 뜻과 너무나 거리가 멀어서 아연실색하지 않을 수 없었다고 합니다. 즉 '여호와의 책'은 하나님이 지으신 피조물들의 이름이 기록된 책이며, '이것들'은 이사야 34장 7절 이하에 언급된 당아, 고슴도치, 부엉이, 까마귀, 시랑, 타조, 이리, 숫염소, 올빼미, 솔개 등을 가리키며, '하나도 빠진 것이 없다'는 것은 모든 피조물이 다 그 책에 기록되어 있다는 말이고, '하나도 짝이 없는 것이 없다'는 것은 문자 그대로 암수가 다 짝이 있다는 것이지요. '여호와의 입이 이를 명하셨다'는 말은 여호와께서 모든 짐승에게 짝이 있도록 명하셨다는 것이고, '그의 신이 이것들을 모으셨음이라'는 하나님의 영이 그 짐승들을 다 불러 모았다는 것입니다.

그래서 표준새번역 성경에서는 이를 다음과 같이 번역했습니다.

주님의 책을 자세히 읽어 보아라. 이 짐승들 가운데서 어느 것 하나 빠지는 것이 없겠고, 하나도 그 짝이 없는 짐승은 없을 것이다. 주님께서 친히 입을 열어 그렇게 되라고 명하셨고 주님의 영이 친히 그 짐승들을 모으실 것이기 때문이다.

이러한 종류의 왜곡이 우리도 모르는 사이에 수도 없이 저질러지고 있습니다. 자의적으로 왜곡해 말하기도 합니다. 옛날 시골 장터의 약장수가 약을 팔면서 모든 정보를 왜곡시켜약을 팔았듯이 하나님의 말씀을 전하면서 왜곡하는 설교자가있다는 것이지요. 복음을 약장수가 파는 약 정도로 여기는 큰죄를 범하고 있다는 사실을 깨닫고 두려워해야 합니다.

왜곡된 말씀은 엄밀히 말하면 하나님의 말씀이 아닙니다. 하나님의 말씀이 아닌 사담(私談)이 강단에서 전해진다면 얼마나 황당하고 두려운 일입니까. 교회는 하나님의 말씀을 기반으로 서야 하고 그 권위로 세상을 구원해야 하는데, 그 말씀을 잃어버리고서 할 수 있는 일이 무엇이겠습니까. 세상에 버려진 소금으로 전락하는 셈이지요.

누군가의 말을 옮길 때는 더욱 조심해야 합니다. '카더라 통신'은 강단에 올리지 말아야 합니다. 특히 정치적인 내용이나갈등이 있는 사안은 본의 아니게 한쪽 편을 들게 되는데, 그 근거가 잘못된 내용일 경우에는 심각한 문제를 초래할 수도 있습니다.

요즘은 인터넷에서 여과 없이 전달되는 정보가 많아서 제대로 검증되지 않은 내용을 함부로 전달하지 말아야 합니다. 목사는 일반인보다 잘못된 정보를 전달할 경우 피해가 훨씬 크게 나타나는 경향이 있습니다.

무엇보다 누군가를 비난하는 내용이라면 아예 삭제하는 편이 좋습니다. 목사는 많은 사람을 하나님께 인도하기 위해 존재하는 자리이기 때문입니다. 더군다나 사람이 진실을 모두 안다는 건 애당초 불가능한 일입니다. 진실이란 양파와 같아서 까고 또 까도 새로운 속이 있게 마련입니다. 그 끝은 하나님만 아신다고 생각합니다. 우리가 할 일은 사람을 사랑하고 위로하고 격려하는 일입니다. 그 일만 하기에도 시간이 부족합니다.

성경에서

공자의 지적은 오늘날 우리 교회를 두고 하는 것 같습니다. 예수님도 포도나무 비유를 말씀하실 때 "내 안에 거하라" 하셨는데, 저는 이 말씀이 공자의 '정명', 곧 사람이 제 본분에 맞게 행한다는 말과 다르지 않다고 생각합니다.

> 내 안에 거하라 나도 너희 안에 거하리라 가지가 포도나무에 붙어 있지 아니하면 스스로 열매를 맺을 수 없음 같이 너희도 내 안에 있지 아니하면 그러하리라 나는 포도나무요 너희는 가지라 그가 내 안에 내가 그 안에 거하면 사람이 열매를 많이 맺나니 나를 떠나서는 너희가 아무것도 할 수 없음이라(요 15:4~5).

예수님은 하나님의 자녀가 열매를 맺는 방법, 즉 바른 신앙의 질서를 말씀하십니다. 간단히 말해 우리는 포도나무에 붙어 있어야 합니다. 예수님의 말씀 안에 충만해야 합니다. 예수님의 말씀 안이 바로 하나님의 자녀가 있어야 할 자리이며, 공자가 말한 정명입니다. 예수님의 말씀 안에 있어야 비로소 우리가 하는 말이 가지런해집니다.

사실 순서는 큰 의미가 없습니다. 예수님의 말씀 안에 거하는 것과 말을 가지런히 하는 것은 앞뒤 순서를 가리지 않습니다. 말을 보면 자리가 보이고, 자리가 말을 만들기 때문입니다.

Chapter **10**

긍정의 힘 또는 배신

긍정이 무조건
긍정적인 것일까

무조건 예스맨

　영화 〈예스맨〉은 '예스(Yes)'가 인생을 바꾸는 유쾌한 외침이라고 말합니다. 은행에서 대출 업무를 맡은 칼 알렌(짐 캐린 분)은 자타공인 '노우맨'입니다. 대출 서류는 물론 친구들의 파티 초대까지 '노우(No)'를 남발합니다. 그런데 칼의 일상은 지루하기만 합니다. 이때 친구의 권유로 '인생 역전 자립 프로그램'에 등록하지요. 거기서 칼은 '예스'의 기운을 체험합니다.

　긍정적인 사고가 행운을 부른다고 생각하면서 칼은 '예스맨'이 됩니다. 번지점프 하기, 한국어 수업 듣기, 모터사이클 타기, 코스튬 파티 참석하기, 온라인으로 데이트 상대 만나기 등 칼은 모든 도전에 '예스'로 일관합니다. 마침내 칼은 회사에서 승진하고 새로운 로맨스의 기회까지 열립니다.

　영화 〈예스맨〉은 '긍정의 힘'에 기대어 말합니다. 모든 가능성에 마음을 열고 접근하기 시작하는 순간 삶은 바뀌기 시작하고 인생에 행복의 기회가 오기 시작한다는 것입니다. 영화에 깔린 주제는 영화사가 내놓은 보도 자료처럼 '인생의 기회가 왔을 때 잡아야 하고, 그 기회는 모든 것에 '노우'라고 거절하며 마음의 문을 닫을 때는 찾아오지 않는다'는 것입니다.

그러나 '예스'의 남발은 영화 속에서도 언제나 긍정적인 결과만 낳지는 않습니다. 대출 신청 서류에도 '예스', 구매를 강요하는 온라인 쇼핑몰 메일에도 '예스', 아무리 바빠도 친구들이 만나자면 '예스', 그래서 부작용도 만만치 않습니다.

'예스'와 '노우'에는 '무조건'이라는 것은 없을 듯한데, 글쎄요, 여러분의 생각은 어떠세요?

무조건 '예스맨'은 무조건 '노우맨'과 다르지 않습니다. 그는 막가파식 긍정 이데올로기 추종자가 되어 버립니다. 세상을 하나로 통일하고 일사불란하게 만들려고 합니다. 어떤 다양성도 용납하지 않으며 그림자의 존재는 아예 간과합니다. 모든 비판은 악이고 오직 '할 수 있다, 하면 된다'라는 이데올로기만 남습니다.

하지만 세상은 다양한 것이 조화를 이루어야 비로소 아름다워집니다. 이런저런 다양한 의견을 조합해 나온 결론은 완전하지는 않지만 '긍정적인' 결론이라 할 수 있습니다. 그러나 무조건 '예스'를 부르짖는 사회는 고대의 군사 조직이나 중세의 종교 조직처럼 경직되기 마련입니다. '예스맨'이 이야기하는 긍정의 힘이 오히려 훼손될 수밖에 없지요.

긍정의 배신

『긍정의 힘』『적극적 사고방식』『시크릿』『끌어당김』……. 여러분도 이 책들 가운데 한 권 정도는 읽은 적이 있겠지요. 모두 이른바 '긍정 이데올로기'를 이야기하는 책들입니다. 긍정적으로 생각하고, 밝은 면만 바라보고, 나 자신의 행복을 위해 노력하라는 메시지입니다. 우리는 오랫동안 긍정적인 사고방식이 우리를 마냥 밝은 쪽으로 이끌어 줄 것이라고 생각해 왔지요. 긍정적 사고방식은 하나의 이데올로기라고 봐도 지나치지 않은 것 같습니다.

하지만 이 '긍정 이데올로기'가 정작 우리 발등을 찍을 수도 있다는 사실을 알려 준 책이 있습니다. 바버라 에런라이크가 쓴 『긍정의 배신』입니다. 이 책에서는 긍정 이데올로기가 오히려 불편한 사회 현실을 외면하게 하고 저마다 자신이 하는 일에만 열중하게 한다고 지적합니다. 그래서 결국 치유해야 할 상처를 곪게 하고 나아가 죽음에 이르게 한다는 것입니다.

바버라 에런라이크가 긍정 이데올로기를 의심하게 된 계기는 이렇습니다. 그녀는 화이트칼라의 구직 활동을 돕는 동안 이해할 수 없는 상황에 봉착합니다. 취업난이 경제 구조에서 비롯되는 측면이 큰데도 불구하고, 구직자들은 이런 구조를 비판하기보다 모든 원인을 스스로의 부족함이라고 생각했던 것입니다.

바버라는 왜 이런 상황이 펼쳐지고 있는지 알기 위해 조사와 인터뷰에 들어갑니다. 하지만 하필 그 와중에 유방암 진단을 받고 암 투병을 하게 되었지요. 그런데 병원에서 직접 접한 새로운 상황까지 추가해 바버라는 흥미롭고도 의미 있는 사실을 발견합니다.

첫째, 의료 산업은 문제투성이인데도 불구하고, 한편으로는 유방암 환자를 돕겠다며 이른바 '핑크 리본 운동'이란 것을 진행하고 있습니다.

둘째, 실업이 구조화되어 가는 상황인데도, 서점에서는 자기계발서들이 불티나게 팔리고, 이 책들은 모두 마음먹기에 따라 우리는 무엇이든 할 수 있다고 암시하고 있습니다.

셋째, 대형 교회의 목회자들은 자신의 교우가 정리 해고되는 상황에서 본질적인 경제 구조의 문제에는 무관심한 채 무엇이든 하나님께 구하는 대로 얻을 것이라고 강조하고 있습니다.

넷째, 기업은 자기의 이익을 위해 수시로 구조 조정을 단행하면서도, 뒤숭숭해진 분위기를 수습하기 위해 동기 유발을 촉구하는 강사를 세워 직원들의 인생 상담을 시도하고 있습니다.

바버라는 생각합니다. 이 모든 현상에는 모종의 묵계와 커넥션이 암암리에 존재할지도 모른다고. 그리고 그녀는 다음과 같이 중요한 사례를 수집하기에 이릅니다.

1994년 미국 최대의 통신 회사 AT&T는 2년 동안 1만 5,000명을 정리 해고한다는 계획을 발표합니다. 그런데 이 계획을 발표한 당일 직원들을 동기 유발 행사에 참석시킵니다. '성공 1994'라는 제목이 붙은 행사인데, 이 행사의 주연급 연사는 바로 『정상을 넘어서』의 저자 지그 지글러였습니다. 그는 마치 해고를 염두에 둔 듯 "모든 결과는 당신의 잘못입니다. 체제를 탓하거나 상사를 비난하지 마십시오. 더 열심히 일하고 더 열심히 기도하세요"라고 말했습니다.

또 세계 금융 위기도 어쩌면 긍정 이데올로기의 산물일 수 있다는 지적이 여러 매체에서 제기되었습니다. 대표적인 것이 2008년에 『타임』지가 실은 '서브프라임 모기지 사태는 하나님 탓일까?'라는 도발적인 주제의 기사입니다. 이 기사는 '하나님은 은행이 내 신용 점수를 무시하도록 해 주시고, (대출이 얼마나 늘어나든) 내가 처음으로 소유한 집을 축복해 주신다'라고 설교해 온 일부 대형 교회 목사들을 지목하면서, 그들이 세계 금융 위기를 몰고 오는 데 일조했다고 꼬집었습니다.

미국발 긍정 이데올로기는 오늘날 미국에 국한되지 않고 세계로 뻗어 나갔고, 영어권 국가는 물론 중국, 한국, 인도와 같은 아시아 국가로 확산했습니다. 긍정 이데올로기가 도달하는 곳마다 사람들은 위기가 나타나도 대수롭지 않게 여겼고, 그러면서 금융 위기를 비롯해 다양한 사회적 재앙에 대비하는 힘을 약화시켰다는 게 바버라의 생각입니다. 더욱 가혹한 점은, 사회적 실패의 책임을 개인의 부정적 태도로 돌림으로써 정작 문제가 있는 경제 구조를 수술하는 일을 애초에 봉쇄해 버렸다는 사실입니다.

이런 생각을 정리한 『긍정의 배신』이란 책을 읽어 보면 긍정 이데올로기에 대한 맹신이 도리어 우리를 바보로 만들었다는 배신감마저 느끼게 됩니다.

'다시' 긍정의 힘

하지만 미련스럽게도 저는 '다시' 긍정의 힘을 생각합니다. 이데올로기가 아닌, 건강한 사고방식으로서 긍정을 이야기하려고 합니다.

성경에도 틀림없이 긍정적인 사고방식을 강조하는 면이 있습니다. 가령 다음과 같은 구절입니다.

> 형제들아 나는 아직 내가 잡은 줄로 여기지 아니하고 오직 한 일 즉 뒤에 있는 것은 잊어버리고 앞에 있는 것을 잡으려고 푯대를 향하여 그리스도 예수 안에서 하나님이 위에서 부르신 부름의 상을 위하여 달려가노라 그러므로 누구든지 우리 온전히 이룬 자들은 이렇게 생각할지니 만일 어떤 일에 너희가 달리 생각하면 하나님이 이것도 너희에게 나타내시리라 오직 우리가 어디까지 이르렀든지 그대로 행할 것이라(빌 3:13~16).

이 구절에서 우리는 사도 바울이 가진 긍정적 세계관을 엿볼 수 있습니다. 그리스도인은 지금까지 얻게 된 깨달음만으로도 충분히 신앙적 성취감을 맛볼 수 있다는 가르침입니다.

또 우리는 예수님에게서도 긍정적인 사고방식을 발견할 수 있습니다. 예수님은 겟세마네 동산에 올라 땀이 피가 되도록 기도하셨습니다. 깨어 기도할 것을 촉구했지만 제자들은 잠에 빠져 있었습니다. 그러자 예수님은 이렇게 말씀하셨지요.

> 제자들에게 오사 그 자는 것을 보시고 베드로에게 말씀하시되 너희가 나와 함께 한 시간도 이렇게 깨어 있을 수 없더냐 시험에 들지 않게 깨어 기도하라 마음에는 원이로되 육신이 약하도다(마 26:40~41).

예수님은 제자들이 긴급한 시간에 정신을 똑바로 차리지 않는 모습을 보고서도 비난하기보다 이해하려고 하십니다. 내가 너희의 마음을 모르지 않는다고 긍정해 주시면서 제자들이 부끄러움을 느끼며 스스로를 돌아보게 하신 것이지요. 이 역시 긍정적인 사고방식인 셈입니다.

예수님은 탕자의 비유에서 집을 뛰쳐나간 둘째 아들을 기다리는 아버지의 마음을 잘 표현해 주셨습니다. 아버지는 아들이 끝내 돌아올 것이라고 믿습니다. 이 또한 긍정적인 마음이라고 생각합니다. 아버지의 마음은 곧 하늘 아버지의 마음이니, 하나님의 성향 가운데도 긍정의 성품이 있다고 볼 수 있습니다.

따라서 성경이 말하는 순수한 긍정적 태도는 어쩌면 하나님의 뜻을 발견하고 수행하는 일과 연결된 것 같습니다. 근거 없는 무조건적인 낙관이나, 건전한 비판을 가로막는 폭력적인 긍정 이데올로기가 아니지요. 긍정 이데올로기를 강조하여 드러난 악을 숨기려 한다거나, 하나님의 성품 가운데 하나인 긍정적 태도를 악용한다면, 이는 곧 하나님까지 바보로 만드는 짓입니다.

성품 연구가인 이영숙 박사는 긍정적인 태도를 '어떠한 상황에서도 가장 희망적인 말과 생각, 행동을 선택하는 마음가짐'이라고 정의합니다. 이 정의는 다분히 긍정적인 태도가 신앙의 수행과 맞물려 있다는 것을 보여 줍니다. 신앙의 수행이란 하나님의 뜻을 삶으로 살아 내는 일입니다. 하나님의 뜻은 하나님의 방식으로 끝내 이뤄질 것이라고 믿고, 이 믿음을 삶으로 살아 내는 태도가 곧 긍정적 태도이지요.

따라서 긍정적인 태도가 긍정적으로 작동하려면 '기준'을 제대로 잡는 것이 중요합니다. 긍정의 기준을 자신에게 두거나, 신념에 두거나, 정치적 성향에 두거나, 자신을 지지하는 사람들의 요구에 둘 때, 긍정은 어느새 '긍정 이데올로기'로 돌변하고 맙니다. 믿는 자에게 능치 못할 일이 없다는 말씀을 왜곡하고 악용하는 순간, 개인이나 집단의 목표가 곧 하나님의 목표인 양 돌변하고 마는 것이지요.

사실 모든 악을 이기는 하나님의 방식은 가라지를 제거하는 것이 아니라 알곡을 더 키우는 것이며, 내 손으로 원수를 갚는 것이 아니라 원수를 사랑하는 것입니다. 마찬가지로 하나님의 뜻을 찾으려 노력하고 실천하고자 긍정적인 태도를 가지면서 우리는 잘못된 긍정 이데올로기로부터 자유로울 수 있습니다.

우리는 일그러진 긍정 이데올로기의 가르침에 주의해야 합니다. "은혜스럽다"라는 표현을 사용할 때 우리의 육감을 온통 집중해 내가 옳게 사용하고 있는지 점검해야 합니다. "하면 된다"고 말하기 전에 무엇을 하면 된다는 것인지 뚜렷하게 질문해 봐야 합니다. "믿습니다"라고 고백하기 전에 내가 믿는 바가 하나님의 뜻을 거스르지 않는지 충분히 고민해야 합니다.

신앙의 수행이란 하나님의 뜻을 삶으로 살아 내는 일입니다.
하나님의 뜻은 하나님의 방식으로 끝내 이뤄질 것이라고 믿고,
이 믿음을 삶으로 살아 내는 태도가 곧 긍정적 태도이지요.

Chapter **11**

나만의 진솔한 이야기, 고백

굴곡진 인생을 이겨 내면
소중한 이야기가 남는다

부끄러운 시절이 감동적인 이야기가 되다

누구나 과거를 되돌아보면 부끄러운 시절이 있게 마련입니다. 어떤 이는 그 시간을 미화하려 하고, 또 어떤 이는 묻어버리려고 합니다. 하지만 부끄러운 자화상을 배경으로 성장해온 사람이야말로 삶을 드라마로 만들 줄 아는 기술을 가지고 있습니다.

영화 〈변호인〉은 고(故) 노무현 전 대통령의 삶을 토대로 하여 만들었다고 합니다. 이 영화에서 저는 잊을 수 없는 두 장면이 있습니다.

첫 번째는 우석(송강호 분)이 가난한 고시생 시절 식당에서 국밥값을 떼먹고 도망갔다가 변호사가 된 뒤 다시 찾아와 주인아주머니에게 용서를 비는 장면입니다. 식당에서 허겁지겁 도망치려 할 때 식당 집의 어린 아들이 우석을 바라보고 있었

　　　　　　　　　　　　11 나만의 진솔한 이야기, 고백

고, 우석은 그렇게 도둑 밥을 먹으면서 고시 공부를 하는 자신이 역겨워 먹은 밥을 토해 냅니다.

변호사가 되어 나타난 우석을 향해 이제 중노인이 된 식당 아주머니는 "그게 뭐라꼬 마음에 얹혔노!" 하면서 "묵은 빚은 돈으로 갚는 게 아니다. 발품으로 갚아야 한다"라고 말해 줍니다. 밥 먹으러 자주 오라고 에둘러 말한 것입니다.

두 번째 장면은 잘 나가는 변호사 우석이 학교 동기회 회장이 된 뒤 술에 거나하게 취한 친구들을 이끌고 이 식당에 찾아와서 벌어진 사건입니다. 술을 마시다가 신문사 기자인 친구와 말다툼이 일어납니다. 기자인 친구가 TV 뉴스의 내용이 거짓말이라며 화를 낼 때 우석은 "뉴스를 안 믿으면 동네 아줌마들 구라를 믿을래?"하며 맞섭니다. 우석은 데모하는 대학생들을 비난합니다. 공부나 할 것이지 배가 부르니 데모를 한다고 말합니다. 데모하는 놈들의 세상은 데모로 바꿀 수 있는지 모르지만 내가 산 세상은 그렇게 물렁물렁한 세상이 아니라고 목소리를 높입니다. 싸움은 불붙듯 커지고 좋았던 분위기는 험악하게 끝나 버립니다.

홀로 식당에 남게 된 우석은 이번에는 식당 집 아들, 그러니까 이제 대학생이 된 그 아이와 또 한 번 부딪힙니다. 이 대학생에게 엉겁결에 "호로 자식" 소리를 하게 되고, 분노한 식당 아주머니로부터 소금 세례를 맞으며 쫓겨납니다. 성공했다고 뻐기던 인생이 갑자기 엉망진창이 되어 버렸습니다. 뭔가 잘못된 것 같았고 자신의 행색이 왠지 초라했습니다.

영화 〈변호인〉은 부끄러운 자신의 모습을 극복하고 성숙해 가는 주인공의 모습이 감동적입니다. 영화 속 변호사 우석뿐 아니라, 우리는 누구나 부끄러운 시절이 있습니다. 심지어 예수님의 수제자 베드로도 스승을 세 번씩이나 부인한 '흑역사'가 있지 않습니까! 문제는 그 시간을 딛고 앞으로 나아가려는 용기일 것입니다. 부끄러움에 매몰되거나, 또는 부끄러움을 미화하고 덮어 버린다면 어쩌면 드라마틱한 삶의 이야기 하나를 잃어버리는 셈입니다.

인생은 이야기를 남기는 일인지 모릅니다. 부끄럽고 수치스러운, 그래서 기억하고 싶지도 않고 자식에게는 숨기고 싶은 그런 이야기 말입니다. 하지만 고통스러운 이야기를 고백할 때 비로소 감동이 몰려옵니다.

이야기가 지닌 힘

국내 기독교 출판사에서 내놓는 책은 이야기가 있는 소설이나 삶의 여정을 그리는 논픽션을 찾아보기 힘듭니다. 대부분은 설교 모음집이나 신학 도서이고, 여기에 더해 교회 경영과 자기계발서가 주를 이룹니다. 그러니 이런 책을 찾는 몇몇 마니아만이 서점 한쪽에 마련된 기독교 코너를 드나들 뿐입니다.

미국의 경우 좋은 신앙 소설이 많이 나오고 독자층도 두껍게 형성되어 있습니다. 수요가 있어 공급이 생기는 면도 있지만, 공급이 시장을 만들어 수요가 생겨난 측면도 있습니다. 따라서 공급을 담당하는 출판 시장의 책임도 적지 않다고 생각합니다.

우리나라에서는 오히려 소설을 부정적으로 보는 목사나 교인도 있습니다. 소설은 지어낸 이야기라 가치가 떨어진다고 폄하하는 것이지요. 이는 뭐라 이야기할 수 없을 만큼 무지한 오해입니다. 소설은 픽션이지만 픽션이라는 도구를 통해 오히려 진실에 가까이 다가서려는 목적이 있습니다. 뉴스를 아무리 들여다보더라도 그것이 진실을 담보하지는 않습니다.

이야기가 지닌 힘은 우리가 상상하는 것보다 훨씬 강합니다. 기독교 전문 방송 채널들이 꼭 확보하는 프로그램은 성도의 신앙 간증입니다. CBS의 〈새롭게 하소서〉는 35년이나 된 장수 간증 프로그램입니다. 하나의 프로그램이 이토록 오랫동안 시청자의 사랑을 받아 온 데는 그럴 만한 이유가 있습니다.

이유는 다름 아닌 '이야기의 힘'입니다. 간증 속에는 기-승-전-결 같은 플롯, 곧 이야기의 구성 방식이 숨어 있습니다. 이런 장치가 청중을 집중하게 하고, 흥분하게 만들며, 감동에 젖게 합니다. 이야기는 가장 강력한 전달력을 갖춘 고급스러운 말하기 방식입니다. 그래서 다른 어떤 장르의 말하기보다 어렵기도 하지요.

이야기를 만드는 힘은 아무래도 경험에서 비롯됩니다. 풍부한 독서나 영화, 드라마 등을 통해 얻은 간접 경험도 쌓아야 하지만, 가장 강력한 힘을 가진 이야기는 자기 삶에서 체득한 직접 경험입니다. 그러므로 나이가 지긋할수록 경험이 풍부해 더 풍성한 이야기를 지어낼 가능성이 큽니다. 하지만 한편으로는 나이를 먹으면 이야기를 만드는 창의력이 감퇴하기 때문에 끊임없는 창작의 노력이 수반되어야 하겠죠.

다시 말해, 자신의 삶을 돌아보고 묵상하고 이야깃거리를 발견하려는 노력이 필요합니다. 그러자면 먼저 인생 속에 진솔하고도 값진 경험을 가져야 합니다. 얼마나 깊은 성찰을 하느냐에 따라 경험의 깊이와 폭이 결정됩니다.

이런 점에서 굴곡진 인생이 경험을 풍성하게 만드는 충분조건이 될 수 있습니다. 고생 없이 주어진 코스를 착실하게 밟아 온 젊은 목사들은 아직 더 중요한 삶의 경험을 쌓을 '인생 학교'가 남아 있다는 사실을 기억해야 합니다. 깊은 성찰 없이는 깊은 울림이 있는 설교가 나오기 어렵습니다.

어느 '청소부 신부님'의 이야기

눈물 젖은 빵을 먹어 보지 않은 사람과는 인생을 논하지 말라고 합니다.

청소부가 된 어느 신부님의 이야기가 떠오릅니다. 인터넷이나 SNS를 통해 널리 퍼져 나간 사연이어서 이미 많이들 알고 있는 이야기일지도 모릅니다.

신부님은 27년 동안 성당에서 '신부님'이라는 호칭만 들으면서 살았습니다. 그러다가 안식년을 맞아 고속도로 휴게소에 미화원으로 취직합니다. 오전 8시부터 오후 8시까지 꼬박 열두 시간 동안 휴게소 광장을 다람쥐 쳇바퀴 돌듯 돌아다니며 청소를 해야 합니다. 아무도 그가 신부님인지 모릅니다. 휴게소에서는 사람들이 신부님을 '아저씨'라고 부릅니다.

한 중년 부인은 승용차 창문을 반쯤 내린 채 "아저씨, 이거 어디에 버려요?"라고 묻습니다. 신부님은 처음에 자신을 부르는 소리인지 몰라 깜짝 놀라 돌아봅니다. 한 달째가 되어 가는데도 호칭은 여전히 어색합니다. 일회용 종이컵을 든 부인을 보자 신부님은 "그걸 몰라서 묻나? 쓰레기통까지 가기가 그렇게 귀찮은가?"라는 말이 입안에서 맴돌지만, "이리 주세요" 하고는 종이컵을 받습니다.

어느 날 아무도 모르게 취직한 신부님을 알아차린 한 기자가 사람들의 눈을 피해 신부님과 대화를 나누었습니다. 어렵사리 말문을 연 신부님은 취직하게 된 동기를 이렇게 설명합니다.

"사람들 사는 게 점점 힘들어 보여서 삶의 현장으로 나와 본 거예요. 나는 신학교만 나와서 돈을 벌어 본 적도 없고, 세상

물정에도 어두워요. 신자들이 어떻게 벌어서 자식을 공부시키고, 집을 장만하고, 교무금을 내는지 알아야 하잖아요. …… 세상에 나오자마자 경험한 건 '빽'이었어요. 처음에 농공 단지에 일자리를 알아보려고 갔는데 나이가 많아 받아주는 데가 없었어요. 아는 사람이 힘을 써 줘서 겨우 휴게소 미화원 자리를 얻기는 했지만 '사오정'이니 '오륙도'니 하는 말이 우스갯소리가 아니라는 걸 피부로 느꼈지요. …… 출근 첫날에 빗자루를 내던지고 그만두려고 했어요. 화장실 구역을 배정받았는데 허리를 펼 틈도 없이 바쁘고 힘들었어요. 대소변 묻은 변기를 닦고 발자국 난 바닥을 걸레질하고, 담배 한 대 피우고 돌아오면 또 엉망이고……. 그래도 일이 고달픈 건 견딜 만한데 사람들의 멸시는 정말이지 마음이 아팠습니다. 어느 날 한 여성이 커피 자판기 앞에서 불평하는 걸 보고 가까이 갔더니 무엇을 잘못 눌렀는지 커피가 걸쭉하게 나와 도저히 마실 수 없는 상태였어요. 제가 휴게소 직원이니 제 호주머니에서 동전을 꺼내서 제대로 된 커피를 뽑아 주었지요. 그랬더니 여자분이 못 먹는 걸쭉한 커피를 가리키며 고마워요. 저건 아저씨 드시면 되겠네요, 하고 돌아서는 거예요. 만약에 제가 그때 청소부 복장이 아니라 신부의 옷차림이었다면 그 여자분이 어떤 인사를 했을까요? 겉모습으로 사람을 평가하면 안 되죠. 그리고 보면 지난 27년 동안 저는 사제복 덕분에 분에 넘치는 대접을 받고 살았는지도 모르겠군요."

신부님은 눈물 젖은 호두과자도 먹어 보았다고 합니다. 아침 식사를 거르고 나온 탓에 너무 허기져서 비질도 하기 힘들었습니다. 하는 수 없이 호두과자 한 봉지를 사 들고 트럭 뒤에 쪼그리고 앉아 몰래 먹었습니다. 손님 앞에서는 음식물을 먹거나 담배를 피우면 안 된다는 게 근무 규정이었으니까요. 신부님은 이렇게 한 달을 일하고 120만 원을 월급으로 받았다고 합니다. 그러면서 자신을 알아본 기자에게 이렇게 물었습니다.

"이렇게 받으면 많이 받는 거예요, 적게 받는 거예요? 평범한 50대 중반 가장이라면 이 월급으로 생활할 수 있어요?"

신부님은 월급의 가치를 따지다가 언젠가 신도 한 분이 반팔 티셔츠를 선물했는데, 10만 원이 넘는 가격표가 붙어 있던 걸 떠올리고는 한숨을 쉬었다고 합니다. 그러면서 이렇게 말했습니다.

"내 씀씀이에 맞추면 도저히 계산하지 못하겠네요. 그 수입으로는 평범한 가장이 아니라 쪼들리는 가장밖에는 안 될 것 같은데. 그런데도 신자들은 헌금에, 교무금에, 건축 기금까지 냅니다. 이제 신자들을 더 깊이 이해할 수 있을 것 같네요. 그동안 강론하면서 사랑을 입버릇처럼 얘기했는데 청소부로 일해 보니까 휴지는 휴지통에, 꽁초는 재떨이에 버리는 게 바로 사랑이란 걸 깨달았어요. 쓰레기를 함부로 버리면 누군가는 그걸 줍기 위해 허리를 굽혀야 합니다. 쓰레기를 쓰레기통에 버리는 것은 평범한 일이고, 과시할 것도 없고, 누가 알아주기를 바랄 필요도 없지요. 시기 질투도 없고요. 그게 참사랑입니다. 신자들이 허리 굽혀서 하는 인사만 받던 신부가 온종일 사람들 앞에서 허리 굽혀 휴지를 주우려니까 여간 힘든 게 아닙니다. 하하. 이렇게 일하고 나서 퇴근하면 배고파서 허겁지겁 저녁 식사를 하고 곧바로 곯아떨어집니다. 이제는 피곤하게 한 주일을 보내고 주일 미사에 찾아온 신자들에게 평화와 휴식 같은 강론을 해 주고 싶습니다."

저는 이 신부님의 이야기를 듣고 나서 내가 언제 눈물 젖은 빵을 먹었던가, 곰곰이 생각해 보았습니다. 저도 어쩌면 평범한 교우들의 삶을 모르고 있다는 생각이 들었습니다. 아버지가 목사였고, 저도 목사가 되었으니 그저 목사의 삶과 가정만 본 셈입니다. 그래서 그리스도인이 아닌 사람들의 삶에 대해서도 저는 잘 모릅니다. 농담 삼아 "우리는 가난해요. 우리 집 가정부도 가난하고, 운전기사도 가난해요"라고 말하던 부잣집 아이의 세계관과 무엇이 다를까 싶습니다.

성경에서

또 이르시되 어떤 사람에게 두 아들이 있는데 그 둘째가 아버지에게 말하되 아버지여 재산 중에서 내게 돌아올 분깃을 내게 주소서 하는지라 아버지가 그 살림을 각각 나눠 주었더니 그 후 며칠이 안 되어 둘째 아들이 재물을 다 모아서 먼 나라에 가 거기서 허랑방탕하여 그 재산을 낭비하더니 다 없앤 후 그 나라에 크게 흉년이 들어 그가 비로소 궁핍한지라 가서 그 나라 백성 중 한 사람에게 붙여 사니 그가 그를 들로 보내어 돼지를 치게 하였는데 그가 돼지 먹는 쥐엄 열매로 배를 채우고자 하되 주는 자가 없는지라 이에 스스로 돌이켜 이르되 내 아버지에게는 양식이 풍족한 품꾼이 얼마나 많은가 나는 여기서 주려 죽는구나 내가 일어나 아버지께 가서 이르기를 아버지 내가 하늘과 아버지께 죄를 지었사오니 지금부터는 아버지의 아들이라 일컬음을 감당하지 못하겠나이다 나를 품꾼의 하나로 보소서 하리라 하고 이에 일어나서 아버지께로 돌아가니라 아직도 거리가 먼데 아버지가 그를 보고 측은히 여겨 달려가 목을 안고 입을 맞추니 아들이 이르되 아버지 내가 하늘과 아버지께 죄를 지었사오니 지금부터는 아버지의 아들이라 일컬음을 감당하지 못하겠나이다 하나 아버지는 종들에게 이르되 제일 좋은 옷을 내어다가 입히고 손에 가락지를 끼우고 발에 신을 신기라 그리고 살진 송아지를 끌어다가 잡으라 우리가 먹고 즐기자 이 내 아들은 죽었다가 다시 살아났으며 내가 잃었다가 다시 얻었노라 하니 그들이 즐거워하더라 맏아들은 밭에 있다가 돌아와 집에 가까이 왔을 때에 풍악과 춤추는 소리를 듣고 한 종을 불러 이 무슨 일인가 물은대 대답하되 당신의 동생이 돌아왔으매 당신의 아버지가 건강한 그를 다시 맞아들이게 됨으로 인하여 살진 송아지를 잡았나이다 하니 그가 노하여 들어가고자 하지 아니하거늘 아버지가 나와서 권한대로 아버지께 대답하여 이르되 내가 여러 해 아버지를 섬겨 명을 어김이 없거늘 내게는 염소 새끼라도 주어 나와 내 벗으로 즐기게 하신 일이 없더니 아버지의 살림을 창녀들과 함께 삼켜 버린 이 아들이 돌아오매 이를 위하여 살진 송아지를 잡으셨나이다 아버지가 이르되 얘 너는 항상 나와 함께 있으니 내것이 다 네 것이로되 이 네 동생은 죽었다가 살아났으며 내가 잃었다가 얻었기로 우리가 즐거워하고 기뻐하는 것이 마땅하다 하니라(눅 15:11~32).

렘브란트가 세상을 떠나기 2년 전에 그린 미완성 작품 〈돌아온 탕자〉는 인류가 사랑하는 걸작 중 하나라고 하지요. 누가복음 15장에 나오는 '탕자의 비유'를 화폭에 옮긴 이 그림은 러시아 상트페테르부르크의 에르미타주 박물관에 전시되어 있습니다. 그림 크기가 세로 262cm에 가로 205cm로 등장하는 인물들이 실물 크기와 비슷합니다. 독일의 히틀러가 러시아를 폭격했을 때인 1941년부터 1945년까지 4년 동안 우랄산맥 건너편의 소금 광산에 작품을 숨겨 둔 덕분에 훼손되지 않았다고 합니다.

이 그림에 대한 가장 아름다운 해석으로는 헨리 나우웬의 책 『탕자의 귀향』을 꼽을 수 있습니다. 헨리 나우웬은 렘브란

트의 그림에서 영감을 얻어 하나님께로 돌아온 모든 사람이 거치는 영혼의 순례를 이야기합니다. 그가 그려 낸 그리스도인의 영적 귀향은 축복을 받는 자리에서 은총을 베푸는 자리로 이어집니다. 다시 말하면, 아버지의 품으로 돌아온 '작은아들'에서 책임감을 가지고 착실히 집을 지킨 '큰아들'로, 그리고 다시 슬픔을 견디며 너그러움으로 용서하는 '아버지'로 향하는 여정입니다.

예수님의 짧은 설교 한 편은 아름답고도 감동적인 이야기에 담겨 오랜 시간 수많은 성도의 가슴을 울렸습니다. 집을 뛰쳐나간 아들을 기다리는 아버지의 마음을 묘사한 예수님은 그야말로 위대한 작가입니다.

이제 우리의 설교로 돌아와 보죠. 안타깝게도 우리의 설교에는 풍부한 상상력과 깊은 감동을 불러오는 아름다운 이야기 요소가 빠져 있습니다. 대신 첫째, 둘째, 셋째가 붙은 명령문이 이어지고, '~적(的)'을 끊임없이 반복하며 어렵고 딱딱한 논문 흉내를 냅니다. 다시 말해, 명사를 수식하는 대부분의 수식어에 '적'을 갖다 붙이면, 성경'적'이고 신앙'적'이지만 추상'적'이고 반복'적'이며 위선'적'인, 그래서 전문가나 읽을 법한 비친화'적'인 논문이 되고 맙니다.

누군가는 말합니다. "우리 목사님 설교에는 드라마는 없고 백분 토론만 있어요."

Chapter **12**

견디는 정신, 관용

관용은
나와 다른 생각을 견디고
인내하고 포용한다

우리도 모르는, 교회 속의 '불관용'

주보에 실린 예배 순서를 펼쳐 놓고 '다 같이'라는 단어가 있는지 찾아보세요. 아마 교회 열 곳 중 아홉 곳은 그렇게 쓰여 있을 것입니다. 신앙 고백, 찬송, 주기도문 등은 교우들이 '다 같이' 참여하는 대표적인 예배 순서입니다. 우리는 아무렇지 않게 이 '다 같이'라는 표현을 사용하지요. 그 말이 전혀 불편하지 않습니다. 불편하지 않은 정서, 이것을 '불관용'의 정서라고 해도 틀린 말은 아닐 것입니다.

누군가는 이 단어를 보고 미간을 찌푸립니다. 제가 아는 한 목사님은 이렇게 말씀합니다.

"왜 다 같이 똑같은 멜로디로 찬송을 불러야 하지? 누구는 베이스 음으로 부를 수도 있고, 누구는 테너 음으로 부를 수도 있을 텐데……."

그렇습니다. '다 같이'라는 말 속에는 '다양성'이 발붙일 여지가 전혀 없지요.

교회에서 일어나는 분쟁을 볼 때마다 마음이 아픈 까닭은 대부분의 분쟁이 나와 다른 생각을 하는 사람들과 함께하지 못하겠다는 강박적인 '불관용' 때문입니다.

목회자 중에는 이런 말씀을 쉽게 하는 분이 계십니다.

"저를 반대하는 교우가 한 분이라도 계시면 저는 떠납니다."

물론 이렇게 말씀하는 목사님의 마음을 모르지는 않습니다. 하지만 목사님의 마음을 아무리 헤아린다 하더라도 여전히 이 말씀은 무례합니다. 교회는 다양한 생각을 가진 사람들이 하나님의 법에 순종하고자 모인 공동체입니다. 생각이 다르다 보면 목회자와 다른 세계관을 가진 사람도 있고, 심지어 같은 성경 구절을 놓고도 달리 해석하는 사람까지 있기 마련입니다. 이런 사소한 '다름'은 아무것도 아닙니다. 목회자가 결정한 정책에 반론을 제기하는 사람들도 '당연히' 있을 수밖에 없습니다.

이러한 '다름'을 목회자에 대한 '반대' 또는 '공격'으로 이해한다면 언제나 두 가지 결론밖에 나오지 않습니다. 목회자가 떠나든지, 교우가 떠나든지.

이 땅의 교회들은 분열을 너무 많이 겪은 나머지 이제는 사소한 갈등 상황이 발생해도 견디지 못하고 어떻게든 '다른' 목소리가 나오지 않도록 압박해야 한다고 생각합니다. 목회자들끼리는 머릿속에 '다른' 생각조차 불거지지 않도록 미리 단속하고 원천 봉쇄해야 한다고 말합니다.

다른 생각을 하는 교우들과 대화로 더 좋은 결정과 합의를 내리는 것이 순리입니다. 대화를 통해 합의를 하려면 당연히 토론 과정을 통해 설득하는 일이 전제되어야 하는데, 교회는 이런 문화를 불경하다고 생각하는 편입니다. 토론의 과정을 '분쟁'으로 오해하는 분도 적지 않습니다.

그러다 보니 조금만 '다른' 이야기를 하더라도 '불순종'하는 사람으로 정죄하거나, 목회자의 뜻에 반대하는 불온한 사람이라고 경계합니다. 말이 좋아서 경계지 대놓고 왕따를 시키는 것이나 다름없습니다.

물론 '다른 생각'이 '불온한 생각'일 수도 있습니다. 그렇더라도 함부로 판단해 형제의 생각을 원천 봉쇄할 권리를 주님께서 주신 적이 없다고 저는 믿습니다.

마녀사냥의 슬픈 역사

교회는 처음부터 세속적 욕망으로부터 해방된 공간입니다. 아니, 세속적 욕망을 이기고자 싸운다는 점에서 욕망의 청정지대입니다. 욕망이 없다는 것이 아니라, 욕망에 빠져서 질척대지 않습니다. 그래야 교회입니다.

그러나 교회에서 우리는 지도자를 괴롭히려고, 또는 자신의 명예나 물욕에 빠져서 겉치레로 믿음 있는 체하는 사람들을 자주 발견합니다. 그들은 보통 편을 가르거나 갈등을 일삼지요. 교회가 이 싸움에 휘말리면 모두 죽고 맙니다.

신앙적인 논쟁처럼 보이지만 알고 보면 본질과 전혀 관계없는 자존심 싸움인 경우가 많습니다. 중세의 마녀사냥도 대부분 허망한 문제를 가지고 자존심 싸움을 한 끝에 결국 화형장의 한 줌 재로 마무리 지었습니다. 자존심의 밑바닥에는 여전히 나와 다른 생각을 견디지 못하는 '강박적 신앙'이 있습니다.

관용으로 번역되는 '똘레랑스(tolérance)'라는 프랑스 말은 인내와 포용과 견딤이라는 의미를 담고 있지요. 견디는 정신이 곧 관용입니다. 나와 다른 생각을 견디고 인정해 줄 때 내 생각도 존중받을 수 있습니다.

우리나라는 해방 이후 좌우익의 대립이 전쟁이라는 극단적인 대결로까지 이어졌습니다. 내가 살려면 너를 죽여야 하는 '제로섬 게임'의 피해자는 대다수의 민중이었습니다. '빨갱이'라는 말과 '예수쟁이'라는 말은 결코 양립할 수 없었습니다. '빨갱이'가 득세하면 '예수쟁이'는 모두가 학살되었고, '예수쟁이'가 득세하면 '빨갱이'가 모두 죽었습니다. 따지고 보면 여기에도 마녀사냥의 전통이 흐르고 있지요.

이런 사회에서는 똘레랑스의 전통이 생겨날 수 없습니다. 한국의 개신교가 지금처럼 많은 교단으로 분열된 배경에도 교회의 불관용 정서가 크게 작용했을 것입니다.

교회의 불관용은 교회 밖으로 나오면 더욱 열기를 토합니다. 불교, 천도교 등 이웃 종교와 대화하지 않을 뿐 아니라, 심지어 같은 하나님을 믿는 천주교와도 대화하지 않으려는 분위기가 지배적입니다.

불상을 훼손하는가 하면, 인격적 결례도 아무렇지 않게 범합니다. 대화하기보다는 정복하려는 태도를 보입니다. 이런 행동을 지지하고 격려하는 분위기도 없지 않습니다.

교회 담장을 사이에 두고 언어조차 달라지는 양상을 보입니다. 교회에서 '아' 하는 말과 교회 밖에서 '아' 하는 말의 뜻이 다릅니다.

교회는 불관용의 대명사처럼 보입니다. 결국 교회는 스스로 '게토(ghetto)'가 되어 버린 형국입니다. 과연 주님께서 이런 교회의 태도를 지지하실까요?

성경에서

빌립보서 4장 2~9절은 사도 바울이 빌립보 교회에 당부하는 말씀입니다.

> 나는 유오디아에게 권면하고 순두게에게도 권면합니다. 주님 안에서 같은 마음을 품으십시오. 그리고 나의 진실한 동역자인 그대에게도 부탁합니다. 이 여인들을 도와주십시오. 이 여인들

은 글레멘드와 그 밖의 나의 동역자들과 더불어 복음을 전하려고 나와 함께 힘쓴 사람들입니다. 그들의 이름이 생명책에 기록되어 있습니다. 주님 안에서 항상 기뻐하십시오. 내가 다시 말하거니와 기뻐하십시오. 여러분의 관용을 모든 사람에게 알리십시오. 주께서 가까이 오셨습니다. 아무것도 염려하지 말고, 모든 일을 오직 기도와 간구로 하고, 여러분이 바라는 것을 감사하는 마음으로 하나님께 아뢰십시오. 그리하면 사람의 헤아림을 뛰어넘는 하나님의 평화가 여러분의 마음과 생각을 그리스도 예수 안에서 지켜 줄 것입니다. 마지막으로 형제자매 여러분, 무엇이든지 참된 것과, 무엇이든지 경건한 것과, 무엇이든지 옳은 것과, 무엇이든지 순결한 것과, 무엇이든지 사랑스러운 것과, 무엇이든지 명예로운 것과, 또 덕이 되고 칭찬할 만한 것을, 이 모든 것을 여러분은 골똘히 생각하십시오. 그리고 여러분은 나에게서 배우고 받고 듣고 본 것들을 실천하십시오. 그리하면 평화의 하나님께서 여러분과 함께 계실 것입니다.

우리는 2절의 '같은 마음'이라는 단어를 '한마음'으로 바꾸기도 합니다. 여기서 '같은 마음' 또는 '한마음'은 자칫 '일사불란'이라는 사자성어를 떠올리게도 합니다. 군인의 열병식처럼 한 치의 어긋남도 용인되지 않고 모두가 같은 복장, 같은 동작, 같은 구령을 해야 한다는 의미로 착각합니다. 교우들이 다른 생각을 하는 순간 이 '같은 마음'의 울타리를 벗어나는 것으로 정죄하려고 합니다.

그러나 사도 바울은 분명히 우리에게 여러분의 관용을 모든 사람에게 알리라고 당부합니다. 주께서 가까이 오심을 알수록 더욱 그리하라고 간곡하게 당부합니다. 그렇다면 '같은 마음'을 '불관용'으로 해석하면 안 됩니다.

저는 '같은 마음'을 묵상하면서 언젠가 길을 가다가 본 장면이 떠올랐습니다. 폭포가 떨어지는 아주 풍광 좋은 관광지였습니다. 시골에서 관광 온 아낙들이 폭포를 배경으로 기념 촬영을 하고 있었습니다. 네댓 명의 아낙이 일렬횡대로 서 있었습니다. 사진을 찍는 또 다른 아낙이 그들을 향해 말했습니다.

"시선은 한군데로 봐!"

순간 속으로 웃음이 나오는 걸 참느라 고통스러웠습니다. 그런데 이 말이 얼마나 아름다운지요. 같은 곳을 바라보라는 말. 결혼식은 신랑과 신부가 서로 같은 곳을 바라보기로 서약하는 일이라고 말하기도 합니다.

하나님의 교회도 마찬가지입니다. 머리 되신 그리스도를 함께 바라보는 사람들의 공동체가 교회입니다. '같은 마음'이란 곧 '한곳을 바라보는 일'과 다르지 않으리라고 생각합니다. 한곳을 바라보는 일과 일사불란한 부동자세는 분명히 다릅니다. 우리 안에서는 끊임없이 관용의 정신이 작동해야 합니다.

기독교는 사랑의 종교라고 말합니다. 관용의 종교라는 말로 대체해도 좋습니다. 사랑이란 서로 다른 사람들이 함께 살아가기 위한 모든 태도라고 믿습니다.

　고린도전서 13장에서 언급된 사랑의 모습, '사랑은 오래 참고, 사랑은 온유하며, 시기하지 아니하며, 사랑은 자랑하지 아니하며, 교만하지 아니하며, 무례히 행하지 아니하며, 자기의 유익을 구하지 아니하며, 성내지 아니하며, 악한 것을 생각하지 아니하며, 불의를 기뻐하지 아니하며, 진리와 함께 기뻐하고, 모든 것을 참으며, 모든 것을 믿으며, 모든 것을 바라며, 모든 것을 견디느니라.' 이 모든 것은 결국 함께 살아가는 사람들과 공존하기 위해 꼭 필요한 덕목입니다. 관용의 덕목 안에도 사랑의 모습이 많든 적든 내포되어 있습니다. 율법의 완성이 사랑이라면, 사랑은 곧 조화와 공존을 가능하게 하는 관용의 가치를 통해 나타난다고 볼 수 있습니다.

　따라서 불관용은 결국 사랑의 헌장을 폐하는 일과 다르지 않습니다. 사랑을 폐한 기독교는 더 이상 기독교일 수 없습니다. 한국의 교회사는 불관용의 역사라 해도 과언이 아닙니다. 사랑의 헌장을 훼손해 온 역사입니다.

　아마도 '유일신 사상'을 오해한 까닭도 있지 않을까 싶습니다. 하나님 외에 다른 신을 섬기지 말라는 명령 속에는, 오직 하나님만 유일하다는 의미와 함께 하나님 외에 그 어떤 존재도 유일하지 않다는 의미가 내포되어 있음을 우리는 기억해야 합니다. 즉 하나님 외에 그 어떤 것도 절대적일 수 없습니다. 16세기의 종교 개혁은 교황을 절대자로 신봉하는 기독교 세계에

대한 도전입니다. 오늘날도 우리는 스스로를 교황처럼 절대화
하는 것을 경계해야 합니다. 내가 교황이면 상대방도 교황입
니다. 그렇지 않다면 아무도 스스로를 절대화할 수 없습니다.
스스로 절대자 하나님이라고 착각하지 않는다면 관용하지 않
을 이유도 없습니다.

12 견디는 정신, 관용

기독교는 사랑의 종교라고 말합니다.
관용의 종교라는 말로 대체해도 좋습니다.
사랑이란 서로 다른 사람들이 함께 살아가기 위한
모든 태도라고 믿습니다.

Chapter **13**

회의감 들지 않는 회의 진행

성숙한 회의는
성숙한 교회 문화를
만든다

초대 교회의 회의 문화

우리는 회의에 익숙하지 않습니다. 정치 일번지인 국회에서조차 제대로 회의하는 모습을 보기 힘듭니다. 우리나라에 여전히 남아 있는 군사 문화와 유교 문화의 잔재 때문이 아닐까 싶습니다. 하지만 그리스도의 몸 된 교회는 이 땅에서 하나님의 뜻을 실현하기 위해 회의와 토론을 거쳐 최선의 결론을 도출해 낼 필요가 있습니다. 그것이 교회 공동체의 속성입니다.

초대 교회에서도 이방인에게 할례를 행해야 하는지를 결정하기 위해 회의를 열었습니다(행 15장). 베드로나 예수님의 동생 야고보는 충분히 이야기를 들은 뒤에 결론에 이릅니다. 매우 수준 높은 회의 문화를 엿볼 수 있습니다. 그 옛날에도 회의를 통해 중요한 사안을 결정한 것입니다. 회의는 교회 공동체의 오래된 운영 방식이었습니다.

13 회의감 들지 않는 회의 진행

하지만 언제부턴가 우리는 지도자의 일방적인 결정에 따라 교회를 운영하기 시작했습니다. 이것은 오히려 비성경적인 모습입니다. 누가 하나님의 뜻을 알까요? 그 뜻을 판단하는 사람이 꼭 목사여야 할까요? 목사는 무당처럼 신탁을 받는 사람이 아닙니다. 주의 사도들조차 회의를 통해 하나님의 뜻을 따랐다는 사실에 주목해야 합니다. 그것이 옳은 신앙의 방식입니다.

목회자의 회의 민감증?

설교도 잘하고 유머 감각도 있고 인간관계도 원만한데, 이상하게도 회의만 시작하면 싸움을 일으키는 목회자들이 있습니다. 그들의 생각 속에는 교회의 회의는 목사의 뜻에 따라야 한다는 묘한 우월 의식이 있지 않나 싶습니다. 장로들만 하더라도 동등한 의사 진행을 생각하고 회의에 참석합니다.

그러나 목사는 '어디 감히 목사의 생각에 반대해?'라고 생각하며 불쾌감을 가지는 듯합니다. 이런 불만이 쌓여 나중에는 큰 문제가 되는 일도 있습니다. 하지만 옳고 그름의 문제가 아닌 묘한 권위 의식이 작용한다면 문제가 됩니다. 목사는 24시간 목회에만 몰두하고 있으니 당연히 목사의 의견을 따라야 한다고 생각합니다. 당회장은 회의의 진행자일 뿐입니다. 그런데 '당회장'이라는 직분을 마치 기업체의 '회장'과 동일시하는 분위기가 있는 것 같습니다.

회의 진행에는 숙련된 것 같지만 회의 진행의 의미나 예의를 모르는 경우가 많아 보입니다. 회의를 논의하는 자리보다는 목사의 생각을 전달하는 자리처럼 여기는 게 아닐까요? 그래서 목사가 자신의 생각을 이야기하고 나서 "괜찮으세요?" 하고 동의를 묻고 끝내 버리기도 합니다. 논의의 장은 전혀 마련하지 않습니다. 하지만 목사는 '회의 진행자'의 위치에서 벗어나지 말아야 합니다.

회의 진행은 유재석과 손석희처럼

1. 나의 말을 줄여야 한다.

진행자의 자리만 잘 지키더라도 회의는 원만해질 수 있습니다. 회의 진행은 모든 사람이 자유롭게 이야기할 수 있도록 토론의 장을 열어 주고, 서로 다른 의견을 허심탄회하게 주고받을 수 있도록 다리를 놓는 일입니다. 그러므로 진행자는 자신의 말을 줄이고 회의 참석자에게 주목해야 합니다.

2. 다른 사람이 말할 수 있는 장을 열어 주어야 한다.

국민 MC 유재석이 오랫동안 인기를 얻는 이유는 다른 사람에 대한 배려심이 아닐까요? 유재석은 방송을 진행할 때 다른 사람이 이야기할 수 있는 분위기를 충분히 만들어 줍니다. 토론 진행의 정석으로 불리는 앵커 손석희는 어떤가요? 그는 사안을 요약하고 핵심을 짚어 주는 역할을 매우 잘합니다. 유재석과 손석희 두 사람 모두 다른 사람이 말을 할 수 있도록 최선을 다해 도울 줄 안다는 공통점이 있습니다. 그런데 목회자들은 어떻습니까? 지나치게 말이 많지 않나요? 설상가상으로 내용도 정확하게 짚어 낼 줄 모릅니다. 그러면 회의 진행자로서 자격 미달인 사람이 됩니다.

3. 은혜로운 회의는 침묵하는 회의가 아니다.

'은혜롭다'라는 말이 자칫 입을 막아서는 곤란합니다. '은혜롭다'는 것은 하나님의 뜻을 따른다는 것인데, 가끔 목사의 뜻을 하나님의 뜻과 동일시하는 경향이 있습니다. 목사의 의견에 반대하면 은혜롭지 않은 것으로 여겨집니다. 목사의 일방적인 결정을 합리화하는 의미로 '은혜롭다'라는 말을 사용하지요.

일부 목회자는 의견이 분분한 것을 못 견디거나 두려워하는 경향이 있는 것 같습니다. 다양한 의견이 개진되는 회의의 유익을 맛보지 못해서 나타나는 현상이 아닐까요. 목회자가 다양한 사회 경험을 하지 못해 그럴지도 모릅니다.

목사를 교회 전체를 운영하는 '오너'로 착각하는 경향도 있습니다. 가톨릭교회 신부는 사제의 일만 집중하고 교회 운영은 신도회에 맡깁니다. 개신교의 목사도 이런 자세를 가져야 합니다. 목회자는 결코 기업의 오너가 아닙니다.

4. 공평무사하게 진행해야 한다.

진행자가 편파적인 입장에서 회의를 진행할 경우 회의는 공정하지 못합니다. 진행 과정을 공정하게 해야 합니다. 사전 조율이라는 핑계로 같은 입장을 가진 회원들과 말을 미리 맞추는 작업이 선행되는 일도 있습니다. 선의의 테크닉인 양 선배가 후배에게 가르치기도 합니다. 그러나 잘못된 관행 때문에 나쁜 결과를 낳습니다. 비정상적인 관행은 바로잡아야 합니다.

국민 MC 유재석은 방송을 진행할 때 다른 사람이
이야기할 수 있는 분위기를 충분히 만들어 줍니다.
토론 진행의 정석으로 불리는 앵커 손석희는 어떤가요?
그는 사안을 요약하고 핵심을 짚어 주는 역할을 매우 잘합니다.
유재석과 손석희 두 사람 모두 다른 사람이 말을 할 수 있도록
최선을 다해 도울 줄 안다는 공통점이 있습니다.

Chapter **14**

당당하고 떳떳하게

하나님 편에 설 때
정정당당하게
말할 수 있다

굽지 않고 곧은 말

'정정당당'이라는 말은 참 매력적입니다. 월드컵이 열리던 해 어느 방송국의 캠페인 주제가 그랬지요. 정정당당. '정정당당'이란 단어를 한영사전에 입력하면 'fair and square'라는 풀이가 뜹니다. 여기서 눈길이 가는 단어는 'square'입니다. 이 단어는 '공명정대한'이라는 형용사이기 이전에 '정사각형' '광장' 등의 뜻을 지니고 있습니다. 여기서 우리는 '반듯하고 투명한' 이미지를 봅니다.

나아가 '신독(愼獨)'이라는 한자어를 떠올립니다. 사전에는 그 뜻을 '남이 보지 않는 곳에 혼자 있을 때에도 도리에 어긋나지 않도록 조심하여 말과 행동을 삼감'이라고 달아 두었습니다. '남이 보지 않는 곳'을 '캄캄한 어둠 속에 혼자 있을 때'로 설명하기도 하지요.

나라가 없어져 버린 시대를 바로 그 캄캄한 어둠 속의 시간이라고 해석해도 좋을 듯합니다. 어쩌면 남이 보지 않는 시간, 그래서 누구나 도리를 어기고 제 잇속만 챙기는 데 혈안이 되기 쉬운 시간이 그때입니다.

일제 강점기에는 '민나 도로보데스(みんな どろぼうです)'라는 일본 말이 풍미했다고 하지요. '모두가 도둑놈들이다'라는 뜻인데, 영화 〈암살〉에서 독립운동가 행세를 하면서 민족과 동지를 팔아먹고 살던 염석진(이정재 분)이라는 사람도 이 말을 합니다. 세상이 온통 도둑들뿐이라고. 심지어 독립운동을 하는 사람도 마찬가지라고. 하지만 그렇지 않지요. 모두를 도둑으로 몰아야 했던 사람들, 친일 행각을 일삼던 이들의 자기변명이었습니다.

염석진이라는 사람은 이런 말도 하지요. "해방될 줄 몰랐다." 그러니까 해방이 될 줄 알았다면 그렇게 살지 않았을 것이라는 말입니다. 바로 그가 살던 시대, 곧 '해방의 날이 올 줄 꿈도 꾸지 못한' 그 시대야말로 어쩌면 남이 보지 않는 캄캄한 어둠 속의 시간이었을 것입니다. 하지만 그 시간에도 '신독'할 수 있을 때 비로소 정정당당하게 역사를 살아가는 사람일 수 있겠지요.

자기변명 하기 바쁜 염석진의 말을 저는 '굽실거리는 말'이라고 생각합니다. 곧지 않고 굽은 말이라는 의미이지요. 강자에게 빌붙어 자신의 영달을 추구하는 사람들이 하는 말입니다. 마치 햇살을 향해서만 머리를 들이미는 주광성(走光性) 식물 같죠. 그래서 '주광성의 말'은 인생이 종착지에 도달할 무렵에는 후회하는 말이 될 수밖에 없습니다. 이런 말은 평범한 사람들이라면 누구나 하기 쉽습니다. 오히려 신독을 말하는 게 어려운 일이지요.

정정당당한 말의 뿌리는 반듯하고 투명한 광장(square)에 닿아야 합니다. 비록 어둠의 시간일지라도 옷을 여미고 단정해야 하지요. 영화 〈암살〉에는 염석진과는 달리 죽음 앞에서도 '광장'에서처럼 정정당당하게 말하는 사람이 등장합니다. 신흥무관학교 출신인 속사포(조진웅 분)라는 사람은 독립운동을 하느라 감옥을 밥 먹듯이 드나들던 사람입니다. 그래서인지 죽음의 순간에도 제법 멋있는 말을 남깁니다. 안옥윤(전지현 분)은 쓸쓸하고도 비장하게 말하지요. "나라를 빼앗겼다고 민족을 팔아먹으면서 살 수야 없지요. 알려줘야죠, 누군가는 계속 싸우고 있다는 걸."

당당한 '손석희 스타일'

한때 '쫄지 마!'라는 말이 꽤 유행했습니다. 정정당당한 말은 바로 이 쫄지 않는 마음에서 나오는 말인 것 같습니다.

앵커 손석희 씨가 정관계 인사들과 대화할 때도 그런 느낌을 받습니다. 상대가 누구든 쫄지 않습니다. 그것은 자신이 시청자들을 대변한다는 자기 정체성 때문이라고 생각합니다. 자기 인식이 튼튼할 때 우리는 상대를 객관적으로 바라보는 힘을 갖습니다. 손석희 씨는 이런 토대 위에서 인터뷰이를 상대로 예의를 다하면서도 절대 비굴하지 않은 언어를 구사합니다. 오히려 상대가 시청자를 상대로 무례하다고 판단하면 시청자의 편에서 당당하게 따지고 듭니다.

몇 해 전 여당의 대표와 인터뷰를 하던 모습이 기억납니다. 여당은 이때 서울시장 후보자를 찾느라 고심하던 중이었고, 여당 대표의 서울시장 출마설까지 나오고 있었습니다. 손석희 씨가 이 문제를 여당 대표에게 물었고, 질문을 받은 여당 대표는 "그런 일은 없을 것입니다. 혹시 손 교수(당시 손석희 씨는 대학에서 교수로 재직 중이었습니다)는 출마할 생각이 없습니까? 정말 생각이 있으면 우리 당에서 모시겠습니다"라며 공개적으로 구애했습니다. 그러자 손석희 씨는 "저는 영희가 아니라서요"라며 에둘러 거절했습니다. 인터뷰가 있기 며칠 전 '안철수 출마설'이 나돌았고, 이를 두고 여당 대표가 농담을 섞어서 "영희도 나오겠네"라고 말한 데 빗대어 한 대답이었습니다. 참 재치 있죠. 그래도 여당 대표가 재차 러브콜을 보내자 이번에는 "다 나가면 소는 누가 키우겠습니까?"라는 말로 제안을 물리쳤습니다.

여당의 서울시장 후보 자리는 그 자체만으로도 매력적입니다. 한자리해 보겠다는 인사라면 그 제안에 흔들리지 않을 사람이 없겠지요. 하지만 소를 키우겠다는 그의 말은 참 당당해 보입니다. 자기가 서 있는 자리의 가치를 스스로 허물어뜨리는 일이 비일비재한 세상에서, 흔들림 없이 당당하게 자신의 자리를 지키는 일이야말로 소중하지요. 방송이 나간 뒤 네티즌의 반응 역시 뜨거웠습니다. 통쾌하다! 속이 시원하다! 누군가는 자기 자리에서 자신이 하는 일의 가치를 소중히 여기는 사람이 있다는 것에 대한 희망의 표현이었던 것 같습니다.

목회자도 태산같이 당당해야 할 자리입니다. 목회자로서 당당하려면 무엇보다 자기 정체성이 뚜렷해야겠지요. 하나님이 부르시고 세웠다는 특별한 소명이 비로소 나를 당당하게 지탱해 줄 테니까요. 그러므로 목회자의 말은 그 누구의 말보다 곧고 당당해야 합니다. 목회자의 권위와 능력은 모두 거기로부터 출발합니다.

적어도 하나님의 뜻을 담은 말이라면 언제 어디서나 당당해야 합니다. 하나님의 편에 선다는 것은 많은 사람을 생명으로 이끄는 길에 선다는 것이므로, 당당하지 않을 이유가 없습니다. 당당하게 말하기 위한 조건으로 하나님의 편에 있다는 사실만큼 완벽한 것도 없습니다. 비겁하게 구걸할 일이 아닙니다.

다수의 당당함에 대한 반성

민주주의 사회에서 살다 보면 다수의 힘을 생각하지 않을 수 없습니다. 소수의 의견은 단지 소수라는 이유로 억압되거나 폐기 처분될 수도 있지요. 때로는 다수의 횡포로 소수가 희생되기도 합니다. 제로섬 게임, 곧 승자가 독식하는 게임의 경우 이런 현상은 더욱 심합니다. 우리나라의 정치를 보면 다수의 지지를 얻은 정당이 정권을 차지해 여당이 되는 경우 야당을 지지한 국민의 뜻은 허무할 정도로 소외당하기 쉽습니다.

진리의 편에 선다는 말은 대개는 소수의 자리에 선다는 말과 상통합니다. 히틀러가 통치하던 독일에서 다수에 의한 악이 팽배할 때 이를 저지하고자 소수의 자리에 선 본회퍼의 경우가 대표적인 예입니다. 우리나라에서도 독재 정권이 국민의 뜻을 짓밟고 거짓과 폭력을 일삼던 시절, 참과 거짓이 뚜렷하게 갈릴 때도 참의 자리에 서서 목숨을 걸고 진리의 목소리를 외치는 분들이 계셨지요. 그들이 당당할 수 있었던 것은 다수와 소수의 차이 때문이 아니라, 참과 거짓, 진리와 비진리, 생명과 사망, 선과 악 사이에서 판별했기 때문입니다. 소수와 다수의 차이가 우리를 당당하게 만드는 어떤 기준이 될 수는 없습니다.

어떤 경우는 소수자의 눈으로 바라볼 때 비로소 하나님의 마음이 읽히기도 합니다. 장애우의 권익은 장애우의 처지에서 바라볼 때 비로소 진실이 드러납니다. 노동 현장에서 피해를 본 분들의 고통, 이주 노동자들의 고통, 다문화 가정의 고민, 노숙인들의 아픔도 마찬가지입니다. 위안부 할머니들이나 베트남 전쟁 참전자들처럼 역사 현장에서 피해를 본 분들의 처지도 그들의 자리에 들어가서 바라볼 때 비로소 진실을 알 수 있습니다. 우리는 다수의 자리에서 다수의 시각으로만 문제를 바라보면서 진실에 이르지 못하는 경우가 많습니다. 소수자는 여전히 다수의 횡포에 억눌려 고통받고 있습니다.

우리의 말 한마디 속에 소수자를 억누르는 말이 포함되어 있을 가능성이 큽니다. 그래서 다수의 당당함이 때로는 소수자에게 더 큰 상처를 입히지요. 여러 사람의 마음을 어루만져야 할 목사는 그런 점에서 말 한마디 할 때도 긴장하고 또 조심해야 할 것입니다.

주님 앞에서 당당하다면 그것이야말로 우리의 양심이 될 것입니다. 결코, 사람 앞에서 비굴할 필요는 없습니다. 김영삼 전 대통령의 좌우명이 '대도무문(大道無門)'이었다고 하네요. 큰길에는 문이 없다는 말인데, 뜻을 크게 가지고 나아가면 걸림이 없다는 의미입니다. 당당하면 막힘이 없지요.

적어도 하나님의 뜻을 담은 말이라면
언제 어디서나 당당해야 합니다.
하나님의 편에 선다는 것은
많은 사람을 생명으로 이끄는 길에 선다는 것이므로,
당당하지 않을 이유가 없습니다.

Chapter **15**

회개를 이끄는 용서

진정한 용서는
진정한 회개를 이끈다

용서의 삼각 지대

세 형제가 있었습니다. 광부인 세 형제의 아버지는 노동조합 운동을 하다가 사용자 측이 고용한 깡패에게 살해당하고, 어머니마저 생활고로 잠적하자 세 형제는 졸지에 고아가 되었습니다. 첫째 동수의 나이는 이제 겨우 열세 살이고, 둘째 동철은 여섯 살, 막내 동우는 두 살 아기였습니다. 고아원에 맡겨진 세 형제는 뿔뿔이 흩어지고, 세월은 다시 25년을 훌쩍 지나왔습니다. 드라마 〈트라이앵글〉의 이야기입니다.

첫째 동수(이범수 분)는 경찰이 됩니다. 동생을 잃어버린 자책 때문인지 동수는 감정 조절이 쉽지 않습니다. 누구보다 정의롭지만, 불의를 보면 물불 가리지 않는 야수로 변합니다. 둘째 동철(김재중 분)은 정선과 사북 인근에서 소문난 건달 허영달이라는 이름으로 자랍니다. 카지노 꽁지(카지노에서 돈을 빌려

주는 사람을 가리키는 은어)의 푼돈 사채를 대신 받아 주는 일을
하고, 갬블에 미쳐 살아갑니다. 막내 동우(임시완 분)는 고아원
에서 부잣집으로 입양됩니다. 그런데 동우를 입양한 사람은
세 형제의 아버지를 살해한 사람입니다. 동우는 이 집에서 기
업을 물려받아야 하는 외아들로 자랍니다.

　세 형제는 다시 만납니다. 아직 서로 형제라는 사실을 모르
고 있습니다. 그들이 만난 자리는 서로를 물고 뜯는 밀림 같은
곳입니다. 형사인 큰형 동수는 사북의 양아치인 둘째 동철을
'빨대' 삼아 조직의 비리를 캐냅니다. 둘째 동철과 막내 동우는
한 여자를 놓고 목숨 건 싸움을 합니다. 무엇보다 불쌍한 존재
는 동우입니다. 아버지를 죽인 사람을 아버지라 부르며, 원수
의 집안과 기업을 위해 자신의 인생을 바쳐야 하기 때문이지
요. 동우에게는 둘째형 동철도 연적이고, 큰형 동수도 제거해
야 할 대상일 뿐입니다. 동우는 악인이 되어 동철을 감옥에 보
내고 동수를 살해하도록 부추깁니다. 세 형제가 처박힌 트라
이앵글은 눈을 가리고 서로를 향해 칼을 겨눈 비정하고 질척
대는 삼각지입니다.

　형제라는 사실을 알게 되는 순간 세 사람은 서로에게 준 상
처로 얼마나 후회하게 될까요? 형제라면 해서는 안 될 일을 해
버린 그들은 차라리 형제라는 사실을 모른 채 살아가는 편이
나을 수도 있습니다. 내가 그렇게도 없애고자 한 사람이 그토
록 그리워하던 형제라는 사실을 알게 될 때, 그 고통을 견뎌낼

수 있을까요.

그들은 서로 형제일 리 없다는 눈먼 전제 위에서 형제라면 해서는 안 될 짓을 버젓이 저지르고 있습니다. 진창 같은 트라이앵글을 벗어나는 길은 눈이 밝아져 세 형제의 실체를 보는 것입니다. 그때는 서로에게 용서를 구하며 자신이 들고 있는 칼을 내려놓을 수 있을 것입니다. 물론 그렇지 않을 수도 있습니다. 지금 서로를 향한 분노의 크기가 형제라는 용량을 초과한다면 말입니다. 가인과 아벨처럼 세 형제는 피가 울부짖는 비극적 결말을 맞을지도 모릅니다.

그래서 세 형제의 트라이앵글을 바라보기가 불편합니다. 진실을 알고 나면 절대 상처를 주지 않을 사람들이 서로를 물고 뜯는 모습은 보기에 너무 안타깝고 고통스럽습니다. 돌볼 사람도 없이 세 아들을 남겨 두고 먼저 떠난 아버지가 하늘에서 이 모습을 바라본다면 억장이 무너질 일입니다.

그러나 여기까지 생각하면 우리는 이해할 수 없는 논리의 모순에 빠져들고 맙니다. 형제가 아니기에, 피를 나눈 사이가 아니기에, 그 비정한 트라이앵글에 갇혀 서로를 물고 뜯어도 된다는 논리를 전제로 삼아 여기까지 추론해 왔기 때문입니다. 형제면 할 수 없는 짓을 형제가 아니면 할 수 있다는 논리가 되고 말았습니다. 형제가 아니므로 상처를 줄 수 있다는 논리는 성립하지 못합니다. 피를 나누지 않았다는 이유만으로 상처를 주어도 된다면 대체 그 피는 얼마나 대단한 것일까요?

우리는 피를 나누지 않은 사람들의 사랑도 얼마든지 목격해 왔습니다. 입양으로 부모와 자식의 정을 잇기도 하고, 피보다 진한 연인의 사랑을 나누기도 하며, 목숨을 내놓고 지키는 동지의 관계도 보았습니다. 거기서 우리는 무엇보다 아름다운 인간의 존엄성을 느낍니다.

　　그러고 보면 드라마 〈트라이앵글〉이 설정한 세 형제의 자리는 우리가 처한 아귀다툼의 진창인 셈입니다. 피를 나눈 형제가 무엇에 가려 서로의 존재를 알지 못한 채 상처를 주고받으며 원한을 쌓고, 더 큰 분노의 먹구름을 만들어 갑니다. 때로는 돈 때문에, 때로는 치정에 빠져, 때로는 범죄의 조직에 갇혀, 때로는 범죄 조직과 다를 바 없는 가문의 영광을 위해, 그들은 눈앞의 형제를 보지 못하는 반(半)봉사가 되고 말았습니다.

　　드라마 〈트라이앵글〉이 설정한 아귀다툼의 진창은 알고 보면 서로를 향해 상처를 주고받는 우리의 현실과 다르지 않습니다. 그런데 이 트라이앵글은 신비로운 비밀을 가지고 있습니다. 서로를 향해서 해서는 안 될 '못할 짓'을 하고 있는데, 이 관계를 해결하는 유일한 덕목이 '용서'라는 것입니다.

　　어쩌면 이것이 용서의 트라이앵글인지 모릅니다. 우리는 지금 이 신비롭고도 치열한 용서의 삼각 지대를 살아가고 있는지 모릅니다.

용서의 조건은 없다

『가톨릭 교리 사전』에 나오는 '용서'에 대한 설명은 다음과 같습니다.

> 잘못에 대해 관용을 베풀어 벌하지 않는 것을 가리킨다. 그리스도인들은 구세주이신 그리스도의 구원 행위를 통해 하느님께 죄의 용서를 받는데, 이는 전례에서 이루어진다. 무엇보다도 전례는 하느님과 이웃을 거슬러 잘못한 이들을 용서하는 것과 연관된다. 우리는 특별히 중대한 죄의 경우 세례 성사와 고해 성사를 통해, 가벼운 죄의 경우 미사의 참회 예식을 통해 용서를 받는다. 사순 시기 전체가 잘못을 뉘우치도록 촉구하고 용서를 호소하는 시기이다. 이러한 정신은 재의 수요일 미사를 통해 그대로 드러난다. 사실 모든 미사는 참여자들에게 회개를 일깨운다.

이 설명에 따르면 그리스도인의 신앙은 '용서'를 핵심으로 하고 있습니다. 여기서 우리는 매우 중요한 사실 하나를 짚고 넘어가야 합니다. 우리가 상대방에게 '회개'를 촉구하는 한 진정한 용서는 없다는 사실입니다.

영화 〈밀양〉에서 내 자식을 유괴해 살해한 인간을 향해 끊임없이 회개를 촉구하는 엄마의 고통은 지켜볼 수 없을 만큼 괴롭습니다. 내 자식을 죽인 인간이 평화롭게 '하나님의 용서'

를 누리는 모습을 눈 뜨고 볼 어머니가 세상에 몇이나 될까요? 그런데 하나님처럼 그런 인간을 용서하라고요? 제 잘못을 뉘우치며 고통스럽게 회개를 하더라도 용서할지 말지 고민일 텐데, 눈앞에서 평화를 누리는 인간을 어찌 용서할 수 있겠습니까.

그래서 우리는 자주 말합니다. 회개가 우선이고 용서는 그 다음이라고. 우리는 용서 이전에 회개를 촉구합니다. 우리는 상대방을 죄인으로 정죄하느라 용서를 선포할 여유가 없습니다. 설교자들도 강단에서 아무개는 회개하여 용서받았다고 말합니다. 이때 설교자의 논리는 회개를 강압하고 있습니다.

군의문사진상규명위원회를 이끌었던 이해동 목사는 자식을 잃은 수많은 부모를 앞에 두고 용서에 대한 다른 정의를 이야기했습니다. 이 부모들은 군에 보낸 자식이 어느 날 갑자기 자살이라는 사인과 함께 시신으로 돌아온 슬픔을 가슴에 묻고 살아온 사람들입니다. 정말 자살을 한 것인지, 자살한 원인이 무엇인지 알고 싶지만 알 방법이 없어 그저 '의문사'로 처리된 채 수십 년이 흘렀고, 그 세월의 무게만큼 분노로 가득 차 있었습니다. 그들 앞에서 이해동 위원장은 이렇게 말했습니다.

"여러분, 용서가 먼저겠습니까, 회개가 먼저겠습니까? 사람들은 대개 회개가 먼저라고 생각합니다. 잘못을 저지른 사람이 잘못했다고 뉘우쳐야 용서할 것이 아니냐고 생각합니다. 그런데 아닙니다. 용서가 먼저입니다. 용서가 선행할 때 마침

내 회개가 촉발됩니다. 이것이 예수님의 십자가 사건이 보여 준 용서와 회개의 수순입니다."

예수님의 십자가 사건으로 용서받은 그리스도인은 그래서 언제나 이렇게 기도합니다.

"우리가 우리에게 잘못한 이를 용서하듯이 우리 잘못을 용서하시고……."

이것이 주님이 가르쳐 주신 기도입니다. 우리가 받은 용서는 결코 우리의 회개를 전제로 하지 않습니다. 그분은 용서하셨고 우리는 그 용서를 믿을 뿐입니다. 이 믿음이 우리를 회개의 자리로 이끌어 냅니다. 이것이 바로 '일곱 번씩 일흔 번이라도' 용서하라고 가르치신 하나님의 위대한 용서입니다.

성경에서

> 그들이 조반 먹은 후에 예수께서 시몬 베드로에게 이르시되 요한의 아들 시몬아 네가 이 사람들보다 나를 더 사랑하느냐 하시니 이르되 주님 그러하나이다 내가 주님을 사랑하는 줄 주님께서 아시나이다 이르시되 내 어린 양을 먹이라 하시고 또 두 번째 이르시되 요한의 아들 시몬아 네가 나를 사랑하느냐 하시니 이르되 주님 그러하나이다 내가 주님을 사랑하는 줄 주님께서 아시나이다 이르시되 내 양을 치라 하시고 세 번째 이르시되 요한의 아들 시몬아 네가 나를 사랑하느냐 하시니 주께서

세 번째 네가 나를 사랑하느냐 하시므로 베드로가 근심하여 이르되 주님 모든 것을 아시오매 내가 주님을 사랑하는 줄을 주님께서 아시나이다 예수께서 이르시되 내 양을 먹이라 내가 진실로 진실로 네게 이르노니 네가 젊어서는 스스로 띠 띠고 원하는 곳으로 다녔거니와 늙어서는 네 팔을 벌리리니 남이 네게 띠 띠우고 원하지 아니하는 곳으로 데려가리라 이 말씀을 하심은 베드로가 어떠한 죽음으로 하나님께 영광을 돌릴 것을 가리키심이러라 이 말씀을 하시고 베드로에게 이르시되 나를 따르라 하시니(요 21:15~19).

요한복음 21장의 유명한 장면은 용서의 말에 대해 알려 줍니다. 예수님은 제사장에게서 헤롯왕에게로, 다시 빌라도에게로 끌려다니며 사람들로부터 능욕을 받았습니다. 물론 당신이 가야 할 십자가의 길이었지만, 인간으로서 그분의 분노는 얼마나 컸을까요. 그리고 이보다 더 큰 고통은 3년 동안 자신과 함께하던 시몬 베드로의 배반이 아니었을까요.

"결단코 나는 그 사람을 알지 못합니다."

그 배반의 목소리가 생생하게 들리지 않았을까요? 대체 그 뻔뻔하고도 저주스러운 얼굴을 다시 보고 싶었을까요?

요한복음 21장에서는 바로 그 베드로와 마주하는 상황이 전개됩니다. 베드로는 자기 앞에 있는 존재가 예수라는 사실을 알게 됩니다. 반가움에, 아니 부끄러움에 오히려 참담했을 것입니다. 베드로의 심리적 동요를 감안하고 이 본문을 읽어야 합니다.

아무렇지 않은 듯, 아니 모든 것을 잊어버린 듯 베드로 앞에 나타나신 예수님은 생선을 구워 식탁을 차리셨습니다. 그리고 베드로를 향해 묻습니다.

"요한의 아들 시몬아, 네가 이 사람들보다 나를 더 사랑하느냐?"

이 질문은 베드로가 예수를 배반하던 날 누군가 따져 묻던 그 질문을 떠올리게 했을지도 모릅니다.

"너도 이 사람을 알지? 너도 이 예수라는 사람과 함께 있었어."

"아니야, 나는 몰라. 내가 저런 인간을 어떻게 알아? 미쳤어?"

그런데 지금 다시 그 질문을 받고 있습니다. 네가 나를 사랑하느냐?

그것도 세 번을 물으십니다. 세 번. 베드로가 예수님을 부인한 횟수입니다. 아, 천연덕스러운, 그러면서도 뒤끝을 보이는 것도 아닌, 부드럽고도 따뜻한, 질문인지 아닌지도 알 수 없는, 베드로가 무엇이라고 대답하든 상관없는, 그 질문의 오묘함이란……. 여기에 이미 감동적인 회개와 용서의 무대가 만들어지고 있습니다. "나를 사랑하니?"라는 물음이 베드로에게 용서받을 자격까지 만들어 주고 있습니다. "내가 다 용서할게!"라고 말씀하지 않고, 오히려 "나를 사랑하니?" 하고 물음으로

　　　　　　　　　　　　15 회개를 이끄는 용서

써 베드로의 모든 시간은 회복하고 잘못된 기억은 덮어 버리려는 듯합니다.

저 넓은 아량과 아름다운 배려! 바로 그날 베드로는 주님의 큰 품으로 자신을 온통 던져 버렸습니다. 세 번의 부인을 세 번의 다짐으로 뒤집던 그날이 베드로의 인생을 비로소 결정지은 날이 아니었을까요.

베드로가 주님을 생각하며 느꼈을 온갖 부끄러움과 미안함까지 배려하며 다가가는 방식, 예수님의 용서는 그렇게 나타났습니다. 용서함으로써 상처가 아물고 다시 예전의 베드로로 돌아가게 해 주셨습니다.

용서의 말은 회개를 촉구하는 말이 아니라, 용서해야 할 상대까지도 배려하고 품는 말입니다. 주님의 방식에 비해 우리는 얼마나 멋없는 용서를 하고 있습니까? 우리 교회의 현실은 어쩌면 우리가 행하는 용서만큼이나 천박할 수도 있습니다.

Chapter **16**

소외된 자를 위한 자비의 말

길 잃은 양 한 마리를 찾는
목자의 심정으로

'몹쓸 인간'에게 베푼 자비

빅토르 위고의 소설 『레미제라블』에는 성직자의 모범이라할 만한 인물이 등장합니다. 미리엘 주교입니다. 우리가 잘 알듯이 이 소설의 주인공 장발장은 굶주린 조카들을 위해 빵 한조각을 훔친 죄로 19년 동안 감옥살이를 하고 46세에 겨우 석방됩니다. 장발장의 통행증에는 '석방된 죄수, 19년 동안 징역살이를 했음. 주택 침입 절도죄로 5년. 네 번의 탈옥 기도로 14년. 굉장히 위험한 자'라 적혀 있었습니다. 요즘 말로 하면 그야말로 '개돼지' 취급받기에 딱 좋은 신분이지요.

그가 감옥에서 나온 해가 1815년, 그러니까 나폴레옹이 패전했던 워털루 전투가 일어난 해입니다. 당시 우울한 프랑스에서 남루한 모습을 한 수상한 떠돌이에게 온정을 베푸는 사람은 없었습니다. 단 한 사람 미리엘 주교를 빼고는 말이지요.

　　　　　16 소외된 자를 위한 자비의 말

그때 미리엘은 75세였고 디뉴 지역의 주교였습니다.

미리엘 주교와 한 식탁에 앉은 장발장은 자신의 신분을 이야기하면서 스스로 '몹쓸 인간'이라고 말합니다. 그러자 미리엘 주교가 이렇게 말합니다.

"당신은 신분을 밝히지 않아도 괜찮소. 여기는 내 집이 아니라 예수 그리스도의 집이오. 이 문을 들어오는 사람에게는 일일이 이름을 묻지 않고, 다만 괴로움이 있는가 없는가를 물어볼 뿐이오."

미리엘은 주교관이 '내 집이 아니라 당신 집'이라며 장발장을 '형제'라고 불렀습니다. 주교는 아무런 설교도 훈계도 없이 그의 마음을 다독거려줄 뿐이었습니다. '불쌍한 사람(레미제라블, Les Miserables)'에게 필요한 건 훈계가 아니라 자비였으니까요.

주교는 국가에서 1만 5,000프랑의 봉급을 받았는데, 자신을 위해서는 1,000프랑밖에 사용하지 않고, 나머지는 모두 교회와 가난한 이들을 위해 내놓았습니다. 추가로 시에서 마차 삯과 교구 순회비로 나오는 3,000프랑은 자선 병원의 환자들과 버려진 아이들을 위해 사용했습니다. 주교는 담당 교구에서 이런저런 일을 하고 나서 부자들에게서 들어오는 수입을 되도록 많이 챙겨 가난한 이들에게 나누어 주었습니다.

주교의 일상생활도 소박했습니다. 여유가 생기면 정원의 꽃밭을 가꾸고, 책을 읽거나 글을 썼습니다. 날씨가 좋을 때는 들과 시내를 돌아다니며 오두막집을 곧잘 방문했습니다. 주교가 모습을 드러내면 어린아이와 노인들이 문밖으로 나왔습니다. 주교는 사람들을 축복하고 사람들도 주교를 축복했습니다. 발길이 닿는 곳마다 아이들에게 말을 걸었고 아이의 어머니들에게 미소를 보냈습니다. 주교는 돈이 있는 동안에는 가난한 사람들을 찾았고 돈이 떨어지면 부자들을 찾아갔습니다.

주교관에는 자물쇠로 채운 방이 하나도 없었습니다. 다른 주교가 주교관을 쓸 때는 감옥 문처럼 자물쇠와 빗장이 걸려 있었지만, 미리엘 주교는 그런 쇠붙이를 모두 떼어 버렸습니다. 문은 지나가는 사람들이 밀기만 하면 언제든 열렸습니다. 주교는 성경 여백에 이런 글귀를 써 두었습니다. '의사의 문은 결코 닫혀 있어서는 안 된다. 사제의 문은 언제나 열려 있지 않으면 안 된다.' 어느 사제가 문단속 좀 하라고 조언하자 그는 이렇게 말했습니다. "주님께서 집을 지켜 주시지 않으면, 사람이 아무리 지킨들 헛수고일 따름입니다."

다만 미리엘 주교에게도 옛 소유물 가운데 사치스럽다 할 만한 물건이 한 가지 있었습니다. 장발장이 훔쳐 갔던 은그릇과 은촛대입니다. 은그릇이 사라진 것을 알게 된 마글르와르 부인이 주교에게 달려와 "그놈이 우리 그릇을 훔쳐 갔어요!"라고 전하자, 주교는 오히려 이렇게 말합니다.

"대체 은그릇이 우리 물건이었던가? 마글르와르 부인, 내 잘못으로 우리는 오랫동안 은그릇을 갖고 있었소. 그것은 가난한 사람들의 것이오. 그 사나이는 어떤 사람이었소? 가난한 사람이 틀림없었잖소?"

장발장이 헌병에게 붙잡혀 오자 미리엘 주교는 그 유명한 말을 합니다.

"나는 당신에게 은촛대도 주었는데 왜 당신에게 준 은그릇과 함께 가져가지 않았는가?"

미리엘 주교의 변호로 감옥에 가지 않아도 된 장발장은 주교의 친절과 자비를 평생 잊지 않고자 그 은촛대만은 내내 지니고 다녔습니다.

하지만 미리엘 주교의 말이 언제나 따뜻하지는 않았습니다. 노트르담 대성당에서 열린 주교 회의에 참석하기 위해 파리에 갔을 때 한 신분 높은 신부의 저택에 들렀는데, 그는 주변을 훑어보면서 이렇게 말했습니다.

"훌륭한 괘종시계! 아름다운 양탄자! 화려한 하인의 제복! 꽤나 번거로우시겠습니다! 원, 나 같은 건 이런 사치를 도저히 생각하지 못합니다. 그런 것들이 줄곧 내 귀에 대고 외칠 것 같아서요. 굶주리는 사람들이 있다! 추위에 떠는 사람들이 있다! 가난한 사람들이 있다!"

미리엘 주교처럼 외치는 이를 달가워할 상류 사회는 없습니다. 그러나 우리는 미리엘 주교와 같은 성직자들을 가끔씩 만납니다. 안성기 씨가 주연한 영화 〈꼬방동네 사람들〉에서 허병섭 목사님도 그런 사람이고, 영화 〈울지마 톤즈〉의 이태석 신부님도 그렇습니다. 그들의 말은 미리엘 주교의 말과 닮았습니다. 하나님의 눈을 갖고자 한 사람이고, 하나님의 마음으로 세상을 보고자 한 사람입니다. 그들의 말보다 아름다운 말은 세상에 없습니다. 세상에 없는 말, 우리는 그 말의 이름을 '자비의 말'이라 부를 수 있습니다.

부자와 강자 편에 선 교회

우리 사회에서는 교회가 부자와 권력자의 편에 서서 그들의 입이 되고 손발이 되어 호의호식하는 모습을 자주 봅니다. 강남에 있는 사랑의교회는 청년 실업이니 빈부 격차니 하는 경제 불평등 문제가 온 국민의 마음에 상처를 내고 있을 때 3,000억 원이 넘는 돈을 써서 초호화 교회당을 지었습니다. 그러고는 '하나님께서 다 하셨습니다'라고 쓰인 현수막을 지나가는 사람들에게 보이도록 걸어 두었지요. 사랑의교회 오정현 목사는 정몽준 씨의 아들이 '미개한 국민' 이야기를 할 때 "틀린 말은 아니거든요"라고 말했습니다. 이 사람들의 머릿속에는 못 배우고 가난한 국민은 '개돼지'라는 인식이 그대로 남아 있습니다. 그리고 목사라는 사람들 중에는 이와 같은 인식을 가지고 있는 사람이 더 많습니다.

세월호 참사로 고통당하는 사람들을 향해 한국기독교총연합회의 부회장이라는 목사가 "가난한 집 아이들이 수학여행

　　　　　16 소외된 자를 위한 자비의 말

을 경주 불국사로 가면 될 일이지, 왜 제주도로 배를 타고 가다 이런 사단이 빚어졌는지 모르겠다"라고 망언을 내뱉을 정도입니다. 그러니 이분들이 믿는 예수님은 어떤 분인지, 우리가 믿는 예수님과 과연 같은 분인지 궁금해집니다.

이런 모습 때문에 우리 사회에서 교회에 대한 인식이 얼마나 매섭고 분노로 가득 차 있는지 모릅니다. 그런데도 강자와 부자 편에 서서 목소리를 내는 목사들은 입만 열면 '복음 전파'라고 말합니다. 그들이 말하는 복음의 정체는 무엇일까요? 그들 스스로 한국 교회에서 '공공의 적'이 되고 있다는 사실은 까맣게 모르는 것 같습니다.

성경에서

모든 세리와 죄인들이 말씀을 들으러 가까이 나아오니 바리새인과 서기관들이 수군거려 이르되 이 사람이 죄인을 영접하고 음식을 같이 먹는다 하더라 예수께서 그들에게 이 비유로 이르시되 너희 중에 어떤 사람이 양 백 마리가 있는데 그중의 하나를 잃으면 아흔아홉 마리를 들에 두고 그 잃은 것을 찾아내기까지 찾아다니지 아니하겠느냐 또 찾아낸즉 즐거워 어깨에 메고 집에 와서 그 벗과 이웃을 불러 모으고 말하되 나와 함께 즐기자 나의 잃은 양을 찾아내었노라 하리라 내가 너희에게 이르노니 이와 같이 죄인 한 사람이 회개하면 하늘에서는 회개할 것 없는 의인 아흔아홉으로 말미암아 기뻐하는 것보다 더하리라(눅 15:1~7).

이 성경 구절에 어울리는 좋은 이야기가 하나 있습니다. 전교조의 초기 멤버이면서 민주노총을 이끌기도 했던 이수호 선생이 쓰신 『예수, 학교에 가다』에 나오는 이야기를 그대로 옮겨 봅니다.

이수호 선생은 1974년 동해 바다를 낀 울진에서 중학교 국어 교사로 처음 부임했다. 희망, 열정, 성실, 이런 단어들이 어울리던 시절이었다. 여느 아침처럼 출석 체크를 하는데 평소에 그런 일이 없던 한 학생이 결석했다. 전화도 없던 때여서 어찌어찌 수소문해 보니 부모와 싸운 뒤 집을 나가 버린 뒤였다. 이수호 선생은 고민했다. 교실에 앉아 있는 학생들과 수업하는 일은 물론 중요하다. 그렇지만 가출하여 어디서 어떤 상황에 처해 있을지 모를 이 한 아이는 지금 누구보다 교사인 자신의 도움이 필요할 게 뻔했다. '지금은 가출한 학생을 찾아야 할 때다.' 그렇게 판단한 이수호 선생은 자신의 수업은 다른 교사의 협조를 얻어 대체하거나 어쩔 수 없는 학급은 자습을 시킨 채 자전거를 몰아 읍내로 달려갔다. 학생들이 갈 만한 장소들은 뻔하고, 도시도 좁았다. 시내를 샅샅이 뒤진 끝에 마침내 가출한 학생과 만났을 때는 점심이 가까워 있었다. 빵집에 데려가서 아이의 이야기를 듣고, 함께 요기도 한 뒤 아이를 자전거 뒷자리에 태우고는 다시 학교로 돌아왔다. 돌아오는 길의 자전거에는 두 사람이 탔음에도, 불안한 마음으로 시내를 달릴 때보다 한결 가볍고 빨랐다. 드디어 교문을 들어서 운동장을 달릴 무렵, 가출한 학생을 태우고 돌아온 이수호 선생의 자전거를 향해 학생들이 손뼉을 치며 환호했다. 하나같이 자기의 일처럼 기뻐했다. 이수호 선생은 오래도록 그날의 기쁨을 잊지 않았다. 자신이 쓴 책에 이 이야기를 기록하면서, 그때 비로소 아흔아홉 마리 양을 버려두고 길 잃은 한 마리 양을 찾아 떠난 목자의 마음을 이해했다고 썼다. 길 잃은 양 한 마리 때문에 아흔아홉 마리 양을 두고 떠나는 게 과연 옳을까, 고민한 적이 있던 그에게 그 일은 충분히 해답이 되었다. 한 마리와 아흔아홉 마리라는 숫자의 크고 작음 때문에, 길 잃은 양 한 마리를 찾아 어깨에 둘러매고 돌아오는 목자의 기쁨과 나머지 아흔아홉 마리 양이 돌아온 모습을 보며 박수 치고 환호했을 광경은 간과해 버린 탓이었다. 그러므로 길 잃은 한 마리 양을 찾아 길을 나선 목자의 태도야말로 나머지 아흔아홉 마리 양까지 지키는 길이라고 그는 확신했다. 그가 살아온 세상에서는 아흔아홉 마리 양 반대편에서 언제나 길 잃은 양 한 마리가 떨고 있었다. 길 잃은 양은, 입시 교육의 벌판에서 '문제아'라는 딱지를 달게 된 소외된 아이들이거나, 바른 교육에 앞장서고자 용기를 내었다는 이유로 교문 밖으로 쫓겨난 선생님들의 모습으로 떨고 있었다. 어디 교

육 현장에서만 일어나는 문제일까? 생각해 보면 그것은, 다수
의 무지에 소외된 소수의 아픔이고, 가진 사람들에게서 이해받
지 못하는 가지지 못한 사람들의 억울함이고, 자신이 누리는
편리함을 손해 보고 싶어 하지 않는 소시민들의 크고 작은 탐
욕에 떠밀려 나동그라진 또 다른 소시민들의 고민이기도 했다.
그런 모든 상황에서 길 잃은 한 마리 양을 찾아 아흔아홉 마리
양을 잠시 떠나야 하는 목자의 결단은 꼭 필요한 사명이었다.
그렇게 해야 한다고 일러 주신 분은 다름 아닌, 착한 목자로 오
셔서 "내가 길이다" 하신 바로 그분이었다.

16 소외된 자를 위한 자비의 말

하나님의 눈을 갖고자 한 사람이고,
하나님의 마음으로 세상을 보고자 한 사람입니다.
그들의 말보다 아름다운 말은 세상에 없습니다.
세상에 없는 말, 우리는 그 말의 이름을
'자비의 말'이라 부를 수 있습니다.

Chapter **17**

기도, 간절함 그 자체

기도는
모든 간절함이 담길 때
제 목소리를 갖는다

기도하는 사랑의 손길로

2013년 무렵입니다. '가왕' 조용필 씨는 예순넷의 나이로 〈헬로〉라는 새 앨범을 발표하는 쇼케이스 무대를 가졌습니다. 이날 김제동 씨가 사회를 보면서 깜짝 부탁을 했습니다.

'기도하는……' 이렇게 시작하는 노래 〈비련〉의 첫 부분을 불러 달라는 것이었습니다. 아는 이들은 다 알지만, 조용필 씨가 〈비련〉의 첫 가사 '기도하는'을 부르면 소녀 팬들의 함성이 뒤따라 나왔습니다. 노래방에서도 누군가 '기도하는'으로 노래를 시작하면 옆 사람들이 "꺄악" 하고 소리를 지르는 게 매너처럼 되어 버린 곡입니다. 심지어 어느 뉴스 진행자가 "기도하는, 그 다음 가사가 뭔지 아느냐?"고 물은 뒤 "꺄악!"이라고 말해서 화제가 될 정도였습니다.

'슬프게 끝나는 사랑 또는 애절한 그리움'이라는 의미를 가

17 기도, 간절함 그 자체

진 제목 〈비련〉의 가사는 그야말로 모든 감정이 응축되어 있습니다.

> 기도하는 사랑의 손길로
> 떨리는 그대를 안고
> 포옹하는 가슴과 가슴이
> 전하는 사랑의 손길
> 돌고 도는 계절의 바람 속에서
> 이별하는 시련의 돌을 던지네.

그래서일까요? 김제동 씨의 부탁에 조용필 씨는 "꼭 해야 하냐?"고 되물었는데 벌써부터 관객석에서 술렁이는 소리가 들렸습니다. 그러자 조용필 씨가 "이 노래는 준비가 필요합니다. 나도 그렇고 관객도 그렇고 긴장해야 합니다"라고 말했습니다.

실제로 이 노래와 관련해 놀라운 미담도 전해집니다. 조용필 씨의 매니저였던 분이 직접 밝힌 미담인데, 어느 정도 포장이 되었다 치더라도 여전히 아름다운 이야기로 남아 있습니다.

조용필 씨가 4집을 발매하고 나서 한창 바쁠 때였다고 합니다. 어느 날 한 요양 병원 원장이 매니저에게 전화했습니다. 내용은 이렇습니다. 병원에 열네 살 된 지체 장애 소녀가 입원해 있는데, 어느 날 조용필 씨의 〈비련〉을 듣더니 눈물을 흘렸다고 합니다. 그는 이 소녀가 입원한 지 8년 만에 처음으로 감정을 표현한 것이어서 놀랐습니다. 이 소식을 들은 소녀의 보호자는 돈은 원하는 만큼 줄 테니 조용필 씨가 직접 소녀에게 와서 노래를 들려줄 수 없냐고 부탁했다는 것입니다.

매니저의 표현에 따르면 당시 조용필 씨를 부르려면 어마어마한 돈을 지불해야 할 만큼 최고의 인기를 누릴 때였는데, 매니저 얘기를 듣던 조용필 씨가 피우던 담배를 바로 툭 끄더니 "병원으로 출발하자"라고 했다고 합니다. 그날 잡혀 있던 행사를 모두 취소하고 위약금까지 물면서 병원에 갔습니다. 병원 사람들이 모두 놀라 바라보는 가운데 조용필 씨는 소녀의 손을 꼭 잡고 이 노래를 불렀습니다. 소녀는 펑펑 울었고 부모도 펑펑 울었습니다. 노래를 마치고 돌아가려고 할 때 소녀의 부모가 "돈을 어디로 보내면 되겠느냐?"고 묻자 조용필 씨가 이렇게 말했다고 합니다. "따님 눈물이 제가 평생 번 돈보다, 아니 앞으로 벌게 될 돈보다 더 값집니다."

아마 그래서였는지도 모릅니다. '기도하는 사랑의 손길로 떨리는 그대를 안고' 있는 사람의 감정 없이 결코 부를 수 없는 가사가 바로 '기도하는'이었을 것 같습니다.

기도의 간절함이 사라진다면

'기도'란 원래 그런 것입니다. 사람이 갖는 모든 간절함이 담길 때, 기도는 비로소 제 목소리를 갖습니다. 시시껄렁한 목소리로 기도할 수 없습니다. 그야말로 형용모순이어서 '기도'라고 이름 붙이기 민망합니다. 그리스도인에게 기도는 삶이고 무기이고 진심입니다. 그래서 기도를 들으면 그 사람이 보이게 마련입니다.

그래서일까요? 망측하고 보잘것없는 자리에서는 기도조차 시시껄렁합니다. 간절함이라고는 찾을 수 없고, 나를 과시하고자 지껄이는 소리만 있고, 정치적 입장을 기도라는 포장에 덧씌운 소리만 들립니다. 때로는 사람을 추켜세우며 아부하는 말이 기도라는 그릇에 담겨 나올 때도 있습니다. 하지만 이 모든 것은 기도를 가장한 거짓일 뿐입니다.

여러 사람이 모인 자리에서 누군가에게 기도를 부탁할 때가 있습니다. "아무개님, 기도를 부탁드립니다"라고 말이 떨어지기 무섭게 기도 말이 튀어나옵니다. 잠시의 머뭇거림도 없습니다. 어떻게 기도를 하는 사람이 긴장하지 않을 수 있을까요? 아무리 친근한 아빠에게도 진심 어린 부탁을 하려면 머뭇거리는 게 인지상정입니다.

저는 이 머뭇거림 없는 우리의 모습을 바라보면 슬퍼집니다. 언제부턴가 내 안에 사라져 버린 기도의 간절함 때문입니다. 나의 진심을 담기 위해 긴장하며 간절하게 나아가던 기도의 자리가 어느새 가치를 잃어버렸기 때문입니다. 신비로움도 사라졌습니다. 심심풀이로 휘파람을 불 듯 시시껄렁하게 기도하는 소리를 들으면 우리는 절망해야 합니다.

누군가를 움직이고자 하면 간절해져야 합니다. "너 때문에 내 삶이 바뀌었어." 누군가 내게 이런 말을 해 준다면 나는 성공한 그리스도인일 것입니다. 간절함을 담은 말이야말로 세상을 바꾸는 진정한 그리스도인의 말이 됩니다. 누군가에게 기독교의 도를 전하고자 한다면 무엇보다 간절해야 합니다.

더 이상 세상은 교회를 주목하지 않는다고들 합니다. 이는 곧 더는 교회가 간절함을 가지고 말하지 않는다는 말로 들립니다. 언제부턴가 그리스도인의 말은 누군가를 따분하지 않게 하기 위한 몸부림에 불과해졌습니다. 심지어 설교하는 강단에서조차 겉은 화려하지만, 의미 없는 단어들이 나열되고 있습니다. 개그맨조차 관객의 호응을 얻고자 치열하고 뜨겁게 연기하는데, 그리스도인의 말은 진심은 물론이고 하늘의 뜻을 살아 내고자 하는 간절함이 보이지 않습니다.

때로는 미친 듯 부르짖는 열렬한 기도 소리가 들리기도 합니다. 하지만 그 소리의 내부를 들여다보면 아연실색하지 않을 수 없습니다. 탐욕과 야망이 가득 차 있어서 하늘의 뜻과 정면으로 전쟁하려는 소리일 뿐입니다. 마치 사탄의 소리처럼 음흉합니다. 하늘을 향한 협박처럼 들립니다.

'하나님께 기도를 드린다'라는 말은 먼저 하나님의 뜻을 구한다는 의미를 담고 있습니다. 나의 뜻에 하나님의 뜻을 맞추려는 억지를 부리는 이상 우리는 하나님께 기도를 드릴 수 없습니다. 기도는 기복적인 간구여서도 안 됩니다. 모름지기 하늘의 뜻이 이뤄지기를 바라는 간절함이 기도입니다. 내가 하나님의 뜻대로 살고자 하는 간절함이 진짜 기도입니다.

성경에서

> 또 자기를 의롭다고 믿고 다른 사람을 멸시하는 자들에게 이 비유로 말씀하시되 두 사람이 기도하러 성전에 올라가니 하나는 바리새인이요 하나는 세리라 바리새인은 서서 따로 기도하여 이르되 하나님이여 나는 다른 사람들 곧 토색, 불의, 간음하는 자들과 같지 아니하고 이 세리와도 같지 아니함을 감사하나이다 나는 이레에 두 번씩 금식하고 또 소득의 십일조를 드리나이다 하고 세리는 멀리 서서 감히 눈을 들어 하늘을 쳐다보지도 못하고 다만 가슴을 치며 이르되 하나님이여 불쌍히 여기소서 나는 죄인이로소이다 하였느니라 내가 너희에게 이르노니 이에 저 바리새인이 아니고 이 사람이 의롭다 하심을 받고 그의 집으로 내려갔느니라 무릇 자기를 높이는 자는 낮아지고 자기를 낮추는 자는 높아지리라 하시니라(눅 18:9~14).

예수님은 "무릇 자기를 높이는 자는 낮아지고, 자기를 낮추는 자는 높아지리라" 하고 이야기를 마무리하십니다. 이 말씀은 기도하는 사람의 충심에 대한 가르침입니다. 곧 자기를 낮추는 것입니다.

기도란 나를 바닥으로 끌어내리는 일입니다. 차갑고 딱딱한 바닥에 무릎을 꿇기 전까지 우리는 아직 간절하지 않습니다. 그런 태도로는 기도할 수 없습니다. 머리를 빳빳이 쳐든 바리새인의 가증한 소리가 아직도 내 안에서 끓고 있다면, 나는 여전히 기도할 수 없는 사람입니다. 나를 드러내고자 젠 체하는 단어를 사용하거나 강박관념으로 기도해서는 안 됩니다. 기도는 진심입니다. 인간의 바닥을 아시는 하나님 앞에서 간절함을 표현하는 자리입니다. 그러므로 나를 가릴 생각일랑 아예 집어치워야 합니다.

'기도의 말'은 간절한 말입니다. 기도할 때만 간절한 것이 아니라 삶 자체가 간절할 때 일상이 거룩해집니다. 바울 사도가 로마 교인들에게 보낸 편지에서 언급한 다음 구절, '그러므로 형제들아 내가 하나님의 모든 자비하심으로 너희를 권하노니 너희 몸을 하나님이 기뻐하시는 거룩한 산 제물로 드리라'(롬 12:1)라는 명령은 다름 아닌 일상을 예배자처럼 기도하는 자세로 살라는 의미 아닐까요?

종교란 모름지기 진지할 수밖에 없습니다. 진지하지 않은 종교는 없습니다. 그리스도인의 신앙은 더할 나위 없습니다. 진지해야 합니다. 웃음조차 진지해야 하고, 농담조차 진지해야 합니다. 경박하거나 천박해서는 안 됩니다. 그렇다고 진지함이 일상을 우울하게 만들거나 경쾌함을 억압해서도 안 됩니다. 우리의 말이 한없이 경쾌하고 유쾌하고 상쾌하더라도, 그것은 진실하고 신비롭고 간절해야 합니다. 기도의 말은 그런 것입니다.

기도의 정석

기도문을 쓰면 안 된다는 발상은 잘못입니다. 특히 공중 기도라면 준비된 기도를 드리는 게 맞습니다. 오히려 기도문을 쓰지 않는 사람이야말로 그 이유를 설명해야 합니다.

만약 준비되지 않은 기도라면 '쉼표'가 필요합니다. 기도는 속도가 아니라 진정성입니다. 누군가 이런 말을 했습니다. "자네도 성인이 되었으니 말을 좀 더듬게." 이 말의 의미를 잘 새겨 보아야 합니다. 말을 하면서 끊임없이 쉼표를 붙여야 합니다. 일본어의 '아노'라는 말, 그리고 과거 김대중 대통령이 말하기 전에 "에에~" 하던 그 한 박자 쉼의 표현 방법, 그것이 필요합니다. 특히 감정이 가라앉지 않았다면 하나부터 열까지 세고 나서 기도하는 자세도 좋습니다.

특히 공중 기도를 할 때는 모든 사람의 염원을 담아 드리는 기도이므로 내용은 마땅히 공중이 공감하는 염원이어야지 자의적이어서는 안 됩니다. 특히 개인의 정치적 성향이나 소신을 설파한다면 예배를 망치는 꼴이 됩니다.

Chapter **18**

배움의 조건

모름을 받아들일 때
진정한 배움이 시작된다

배움의 상실

허준은 의술을 배우기 위해 명의 유의태의 문하에 들어갑니다. 유의태의 첫인상은 고집스럽고 불친절한 노인이었습니다. 그러나 얼마 있지 않아 허준은 존경에 찬 눈으로 스승을 바라보기 시작합니다.

스승은 제자에게 잊지 못할 가르침을 줍니다. 그 가르침은 허준이 약초인 줄 알고 캐온 도라지를 바라보며 유의태가 내린 평가였습니다.

다른 제자들이 허준이 도라지를 꺼내 놓자 비웃습니다. 그런데 유의태는 달랐습니다.

"약초를 못 찾았으면 모르되 찾았다면 이런 정성으로 캐야 한다."

반전이었습니다. 너무 작아서 약재로는 쓸 수 없다며 다른 제자들이 허준을 깎아내렸습니다.

하지만 유의태는 다시 허준을 두둔합니다.

"신출내기인데 어찌 좋은 물건을 찾아내겠느냐? 허나 도라지 하나라도 산삼을 보듯이 이렇게 실낱같은 작은 뿌리 하나하나까지 다치지 않도록 애써 캔 그 정성은 갸륵하다."

오히려 다른 제자들이 캐 온 약초들에 대해서는 이렇게 말합니다.

"이따위 건성으로 캐 올 거면 그 양이 많으면 무엇하겠느냐. 약은 정성이니라."

그 뒤 유의태는 허준에게 약재 창고를 맡겼습니다. 다른 제자들은 지금까지 스승 밑에서 산전수전 다 겪으며 기다렸는데 이게 뭐냐고 항의했습니다.

그러자 스승은 다시 꾸짖습니다.

"지리산 골짜기에 너희의 호미 날이 안 찍힌 데가 없다고 우긴다만 백 번 아니라 만 번을 오르내린들 무슨 소용이 있겠느냐."

모르는 게 문제가 아닙니다. 모르면 배우면 됩니다. 배우려는 마음을 상실한 것이 문제입니다. 배우고자 하는 사람은 꾸준히 발전합니다. 발전을 위한 열정과 에너지를 잃어버린 사람은 미안한 말이지만 죽은 미라와도 같습니다.

'모른다'는 말을 모르는 목사님들

기독교 방송국의 사목이라면 신앙과 관련된 질문에 무엇이든 답변할 수 있을 거라고 생각하는 분들이 의외로 많습니다. 하지만 시원하게 답변할 수 없는 질문이 더 많습니다. 그럴 때는 "잘 모르겠습니다"라고 대답하는데 그러면 어떤 분은 "목사님이 왜 몰라요?" 하고 놀라는 반응을 보입니다.

비단 방송국 사목만 겪는 부담이 아닙니다. 많은 목사님이 이런 기대감을 충족시켜야 한다는 강박관념에 사로잡혀 있는 것 같습니다. 실제로 기대에 부응하고자 '모른다'는 말을 하지 못하는 분들도 적지 않습니다.

실은 모르는 것이 없을 만큼 박학다식해야만 신뢰를 얻는 것도 아닙니다. 박사도 모든 것을 다 아는 사람이 아니라 한 분야를 깊이 연구한 사람이듯이 목사도 마찬가지입니다. 목사는 설교자로서 성경을 해석하는 사람입니다. 그 외 다른 분야에 대해서는 청중보다 더 모릅니다. 청중 가운데는 특정 분야의 전문가들도 있습니다. 당연히 목사는 특정 분야의 전문가들보다 더 해박할 수 없습니다. 오히려 그들로부터 배우려는 태도가 더 바람직해 보입니다. 모든 것을 다 알기 때문에 설교를 하는 게 아닙니다. 오히려 모른다는 걸 인정할 때 더욱 진정성이 있고 구도자적인 설교를 할 수 있습니다.

하나님 앞에서 인간은 한마디로 '모르는 존재'입니다. 무지 그 자체를 존재의 출발점으로 삼아야 합니다. 그러므로 '모른

18 배움의 조건

다'라고 말할 수 있어야 합니다. '모른다'라고 말하지 못하면, 모든 것을 다 알고 있는 체하거나, 어떤 자리에서든 대화를 주도하려 하거나, 결론을 지으려는 태도를 보입니다.

여럿이 모여서 식사하는 자리에서는 대개 대화를 주도하는 사람이 있게 마련입니다. 직장에서는 선배나 상사인 경우가 많습니다. 다행히 그들은 대화를 주도하는 대가로 밥값을 지불해 미움을 덜 사는 편입니다. 하지만 밥값조차 지불하지 않으면서 대화를 주도하는 사람이 있는데 목사가 그런 사람이라고 합니다. 목사들은 대화를 주도해야 한다는 강박관념에 사로잡혀 있어 마치 그렇게 해야 밥값이라도 하는 줄로 착각합니다. 하지만 이런 목사는 교회 안에서 권위주의에 빠지고 맙니다. 권위주의에 빠진 목사의 말은 무게감이 사라지고 속 빈 강정이 됩니다. 진정성도 진실도 없는 공허한 메아리가 되고 맙니다.

물론 '나는 알아야 한다'는 부담감 때문에 더욱 공부할 수 있다면 그나마 다행이지만, 실제로는 그 반대인 경우가 많습니다. 다 알고 있다고 착각하면 오히려 학습하려는 의지가 떨어집니다. 설교할 때 저는 하나의 설교문을 가지고 다른 곳에서 두 번, 세 번 설교하는 경우가 많습니다. 기관에서 목회하는 목사의 특징이기도 한데, 하나의 설교문으로 세 번 이상 설교를 하면 늘 같은 내용이 될 것 같지만 그렇지 않습니다. 매번 새로운 버전이 만들어집니다. 더 정돈되고 더 깊어집니다. 처음보다는 두 번째가, 두 번째보다는 세 번째가 설교의 내용이나 청중의 반응이 더 좋아진다는 느낌을 받습니다. 그만큼 설교의 완성도가 높아진다는 의미겠지요. 다르게 말하면, 지역 교회 목회자들은 매번 갓 준비한 설교를 해야 하므로 늘 미완성 상태라고 볼 수 있습니다. 더해야 할 내용이 있고 더 깊어져야 할 부분이 있다는 말입니다. 설교자 스스로 이런 의식을 가질 때 비로소 하나님을 의지하려는 간절함을 담아 설교할 수 있습니다.

신문이나 잡지 또는 TV에서 듣거나 본 내용만 가지고 마치 그 사실을 전부 알고 있는 듯 섣부르게 설교하는 태도는 경계해야 합니다. 실제로 더 많이 연구할수록 아는 것보다 모르는 게 더 많다는 사실에 놀라지 않습니까? 그런데도 하나님의 말씀을 전해야 하는 강단에서 얕은 지식에 자신의 세속적 신념까지 더해 목소리를 높인다면 이보다 더 위험한 행위는 어디 있을까요?

언제부턴가 설교자들이 내용보다 기교를 더 중시하는 태도를 보입니다. 설교자와 약장수의 공통점은 '약'을 파는 것이라는 우스갯소리까지 나오고 있습니다. 설교자는 강단에 서기전 한 인간으로서 자신의 설교를 겸손하게 고민해야 합니다. 이 겸손이 설교자를 신뢰하게 만듭니다.

한국 교회가 개혁해야 할 과제 중 하나는 목사가 말만 잘하는 '말꾼'에서 벗어나는 것입니다. 과거에는 목사의 인품이 존경의 척도였지만 지금은 어째 목사의 말솜씨가 인기의 척도가 되어 버린 듯합니다. 목사의 말이 감동을 준다면 그것은 말 속에 담긴 내용 때문이어야 합니다. 내용이 진정한 '말씀'을 담을 때 비로소 온전한 감동을 불러옵니다. 물론 성경 구절을 줄줄이 인용해야 한다는 말이 아닙니다. 말 속에 성경의 정신과 성경의 마음과 성경의 생각이 푹 배어 있어야 합니다. 목사의 말은 하나님의 말씀으로 충만해야 합니다. 감동도 다 같은 감동이 아닙니다. 목사의 말이 주는 감동은 개그맨의 말이 주는 감동과는 달라야 합니다. 목사는 말을 통해 사람들이 성경을 이해하고 자연스럽게 마음으로 결단하도록 만들어야 합니다.

성경에서

모세가 여호와께 아뢰되 오 주여 나는 본래 말을 잘하지 못하는 자니이다 주께서 주의 종에게 명령하신 후에도 역시 그러하니 나는 입이 뻣뻣하고 혀가 둔한 자니이다 여호와께서 그에게 이르시되 누가 사람의 입을 지었느냐 누가 말 못하는 자나 못 듣는 자나 눈 밝은 자나 맹인이 되게 하였느냐 나 여호와가 아니냐 이제 가라 내가 네 입과 함께 있어서 할 말을 가르치리라 모세가 이르되 오 주여 보낼 만한 자를 보내소서 여호와께서 모세를 향하여 노하여 이르시되 레위 사람 네 형 아론이 있지 아니하냐 그가 말 잘하는 것을 내가 아노라 그가 너를 만나러 나오나니 그가 너를 볼 때에 그의 마음에 기쁨이 있을 것이라 너는 그에게 말하고 그의 입에 할 말을 주라 내가 네 입과 그의 입에 함께 있어서 너희들이 행할 일을 가르치리라 그가 너를 대신하여 백성에게 말할 것이니 그는 네 입을 대신할 것이요 너는 그에게 하나님 같이 되리라 너는 이 지팡이를 손에 잡고 이것으로 이적을 행할지니라(출 4:10~17).

아론은 모세의 형이었고, 모세보다 말을 잘했습니다. 하지만 하나님은 아론이 아닌 모세를 통해 이스라엘 민족을 이집트에서 해방시켜 가나안까지 이끌어 가십니다. 모세를 선택한 것이죠. 아론이 모세보다 덜 위대하다는 유치한 논쟁을 말하려는 것이 아닙니다. 모세에게는 모세의 일이 있고, 아론에게는 아론의 일이 있습니다. 그저 하나님이 선택한 지도자가 모세였을 뿐입니다. 모세가 말을 잘해서도 아니고 나이가 많아서도 아닙니다. '출애굽'이라는 계획을 이루기에는 모세보다 적합한 사람이 없었던 것입니다.

목사에게 중요한 것도 하나님의 '적합한' 선택입니다. 하나님은 기준을 '말꾼'으로 보지 않습니다. 언변으로 당신의 백성을 구원하시는 하나님이 아닙니다. 말의 기술이 아닌 말의 내용이 중요합니다. 말의 내용에는 무엇보다 하나님의 의지와 마음이 반영되어야 합니다. 그러므로 그리스도인의 말 그릇 속에 담아야 할 내용은 바로 하나님 그분입니다.

하나님은 자신의 구원 계획을 깨닫고, 누구보다 자기 민족을 사랑하며, 하나님의 손과 발이 되어 줄 사람으로 모세를 선택한 것입니다. 우리는 이 모든 것을 말과 따로 놓고 생각하면 안 됩니다. 말은 이 모든 것을 반영해야 합니다. 말 잘하는 아론이 그 말을 가지고 사람들을 선동해 우상을 만들지 않았습니까! 하나님이 바라시는 지도자의 이미지는 아론보다는 모세가 맞습니다.

Chapter **19**

겸손, 나를 내려놓음

겸손은
구원에 이르는
첫걸음이다

과거를 묻지 마세요

전과 4범에 조폭 출신인 한만복(이문식 분)은 검사인 처제로 부터 사람대접을 받지 못했습니다. 처제는 전과자인 한만복과 결혼한 언니에게 실망해 자매 관계를 끊은 채 오랜 세월을 살아왔습니다. 시간이 흘러 검사 처제는 변호사가 되었고, 이혼까지 한 뒤에야 비로소 사람을 보는 눈이 조금은 너그러워졌습니다. 오랫동안 관계를 끊고 살아온 언니를 찾아왔고 한만복에게 용서도 빌었습니다.

하지만 여전히 처제의 눈에는 색안경이 씌워져 있었습니다. 검사를 하던 시절의 때가 남아 전과자를 함부로 대했습니다. 한만복은 전과자를 향한 처제의 시선이 결국 자신을 향한 시선과 다르지 않은 것 같아 기분이 좋지 않았지요.

한만복은 불편한 마음을 누그러뜨리고 싶을 때면 〈과거

19 겸손, 나를 내려놓음

를 묻지 마세요〉라는 노래를 들었습니다. 출근길에 기사에게 이 노래를 틀어 보라고 합니다. '장벽은 무너지고 강물은 풀려…….' 가수 나애심의 목소리가 검은색 세단 안에 울리자 한만복은 마음에 담아 둔 한마디를 꺼냅니다.

"난 전과가 있어서 그런지 전과 따지는 사람은 싫어."

드라마 〈유나의 거리〉에 나오는 한 장면이었습니다.

과거를 묻지 마세요.

장벽은 무너지고 강물은 풀려
어둡고 괴로웠던 세월도 흘러
끝없는 대지 위에 꽃이 피었네.
아 꿈에도 잊지 못할 그립던 내 사랑아
한 많고 설움 많은 과거를 묻지 마세요.

구름은 흘러가고 설움은 풀려
애달픈 가슴마다 햇빛이 솟아
고요한 저 성당에 종이 울린다.
아 흘러간 추억마다 그립던 내 사랑아
얄궂은 운명이여 과거를 묻지 마세요.

누구나 말하고 싶지 않은 과거를 가지고 삽니다. 과거를 묻는 사람들은 그 과거를 빌미로 사람을 깔보거나 피하거나 따돌립니다. 우리가 저마다 누군가의 고단한 과거를 이해하고자 과거를 묻는다면 얼마나 좋을까요. 한 많고 설움 많은 과거와 얄궂은 운명을 들어 주는 열린 마음이라면 얼마나 좋을까요. 그러나 과거의 무거운 짐을 나누어 지지 못할 거라면 차라리 처음부터 묻지 않는 편이 낫습니다.

우리는 교회에서 누군가의 과거를 호기심 삼아 알고자 합니다. 형제와 자매의 과거를 알아야만 비로소 그 사람을 안다고 생각하기 쉽습니다. 한편으로는 맞는 말입니다. 하지만 정말 그 사람을 알려면 과거를 이해하고 짐을 나누어 질 수 있어야 합니다. 절대 쉽지 않은 일입니다.

겸손의 가장 낮은 단계는 상대방을 얕잡아 보지 않는 것입니다. 특히 상대의 아픈 과거를 빌미 삼아 함부로 대하지 않는 것입니다. 과거는 묻지 않는 편이 좋습니다. 내가 그의 부모라면 아프고도 부끄러운 세월이 안타깝고 가엽게 느껴지지 않을까요.

말에 담긴 교만

교회에서 우리는 자신도 모르게 권위적인 표현을 사용할 때가 많습니다. 가령 목사의 경우 자신을 '하나님의 사자(使者)'로 지칭하는 이가 많은데, 자칫 자기의 말이 곧 하나님의 말인 양

19 겸손, 나를 내려놓음

오해하게 만들 수도 있습니다. 가톨릭 사제가 고해 성사로 죄를 용서해 줄 수 있다고 착각하는 것도 마찬가지입니다. 개혁 교회의 목사는 가톨릭 사제와 달리 '만인 사제설'을 주장하면서 사제는 일반 신도와 다르지 않다고 규정한 사람입니다. 그런데 이제 와서 자신이 하나님의 사자로 대우받고자 한다면 스스로의 정체성을 부정하는 것이 아닐까요. 가톨릭 사제는 적어도 그런 대우를 받기 위해 최소한의 자기희생이라도 치르지만, 개혁 교회의 목사는 대우만 받길 바라니 다른 사람이 보기에 가증스럽지요.

목사가 한껏 자신을 격상시켜 놓아서인지 교인들도 어이없는 표현을 자주 사용합니다. 대표적인 예가 '주의 종님'입니다. 세상에 이런 어불성설이 어디 있을까요? '주님의 종'이어야지 '주의 종님'이라니……. 교회에서 목사를 한껏 떠받드는 분위기가 오래 지속되면 목사는 스스로 '목사에게 감히……'라고 생각하는 단계에 이릅니다. 유교적인 가부장이 되는 것입니다. 사실 제사장이더라도 그렇게 해서는 안 됩니다. 나이 젊은 목사가 대접받는 분위기에 취해 식당이나 가게에서도 종업원에게 반말을 하거나 막 대하기도 합니다. 유치하게도 '그래야만 은혜롭다'라고 착각하기도 합니다. 이런 행태를 보이면 누구도 존경하거나 우러러보지 않습니다. 오히려 목사 스스로를 천박하게 만들어 권위는 한없이 곤두박질칩니다.

나아가 국어 문법까지 파괴하지요. 목사는 공공 자리에서 자기의 아내를 흔히 '우리 사모'라고 부릅니다. 『국어사전』에 사모는 '스승의 부인을 높여 부르는 말'이라고 정의되어 있습니다. 그러니 자기 아내를 '사모'라고 표현하는 것만큼 엉뚱하고도 괴상한 경우가 어디 있겠습니까.

물론 예배 집례자인 목사는 공적 존재로 존중받아야 합니다. 사회에서도 성직자의 권위는 인정되어야 합니다. 하지만 목사 스스로 권위주의적이어야 한다는 말은 아닙니다. 목사는 권위주의를 내려놓아야 합니다. 목사는 겸손의 미덕을 지녀야 합니다. 그리고 겸손의 미덕은 무엇보다 먼저 언어에 반영되어야 합니다.

교인들이 가지고 있는 목사에 대한 이미지도 바로잡아야 합니다. 목사는 언제나 근엄하고 평신도와는 다르다는 착각에서 벗어나야 합니다. 목사가 우스갯소리라도 하면 "목사님이 그러시면 안 되죠" 하고 말하는 교인들이 있습니다. TV에 나오는 개그맨 흉내라도 내면 뒤돌아서서 "목사님이 채신머리없이……" 하고 수군거리기도 합니다. 목사라면 마땅히 어떠해야 한다는 선입견을 품고 있는 셈입니다. 이런 선입견이라는 족쇄에 갇힌 목사는 어쩔 수 없이 권위주의로 치장합니다. 예배 집례자의 자리에서 내려온 목사는 사실 이웃집 아저씨 그 이상도 이하도 아닙니다. 목사는 누구에게나 친절하고 다정다감해야 합니다.

저는 지금까지 많은 목사를 만나 봤습니다. 그런데 특이하게도 목회자로 평생을 살다 은퇴한 분 가운데 치매 환자가 유독 많습니다. 물론 이 사실이 수치상으로 분석되어 발표된 적은 없습니다. 그런데 왜 이런 현상이 나타날까요? 모르긴 해도 목회하면서 받은 스트레스가 원인이 아닐까 생각합니다. 오랫동안 스스로를 권위주의의 울타리에 가둠으로써 생겨난 병이 아닐까 싶습니다. 모든 시간을 공적인 시간으로 생각하면서 늘 절제하고, 조심하고, 억제하며 살아온 탓에 정작 은퇴한 뒤에는 치매라는 병을 앓게 되는 것 같습니다.

성경에서

그러므로 너희는 이렇게 기도하라 하늘에 계신 우리 아버지여 이름이 거룩히 여김을 받으시오며 나라가 임하시오며 뜻이 하늘에서 이루어진 것 같이 땅에서도 이루어지이다 오늘 우리에게 일용할 양식을 주시옵고 우리가 우리에게 죄 지은 자를 사하여 준 것 같이 우리 죄를 사하여 주시옵고 우리를 시험에 들게 하지 마시옵고 다만 악에서 구하시옵소서 (나라와 권세와 영광이 아버지께 영원히 있사옵나이다 아멘) 너희가 사람의 잘못을 용서하면 너희 하늘 아버지께서도 너희 잘못을 용서하시려니와 너희가 사람의 잘못을 용서하지 아니하면 너희 아버지께서도 너희 잘못을 용서하지 아니하시리라(마 6:9~15).

예수님은 이른바 '주의 기도'를 알려 주신 뒤 곧이어 "너희가 사람의 잘못을 용서하면 너희 하늘 아버지께서도 너희 잘못을 용서하시려니와 너희가 사람의 잘못을 용서하지 않으면 너희 아버지께서도 너희 잘못을 용서하지 아니하시리라"라고 말씀하십니다. 무엇보다 이웃의 잘못을 용서해야 할 것을 강조하고 있는 부분입니다.

'용서'는 예수님의 중요한 가르침 중 하나입니다. 일곱 번씩 일흔 번이라도 용서하라고 하신 말씀은 모든 사람이 완전하지 않다는 사실에서 비롯됩니다. 우리는 하루에도 수십 번, 아니 수백 번을 용서받아야 하는 사람들입니다. 우리는 자신이 무슨 죄를 저지르고 있는지조차 알지 못합니다. 여기서 겸손의 미덕이 필요합니다. 겸손이야말로 용서를 통해 구원에 이르고자 하는 기독교의 핵심 덕목입니다.

'상수'라는 이름을 가진 사람이 있었습니다. 그가 어느 날 길을 가다가 도로에 크게 쓴 푯말을 보고서 무릎을 '탁' 쳤다고 합니다. '상수도 공사 중!' 이 표지판을 보고 깨달았습니다. '맞다, 나는 지금 공사 중이야. 아직 나는 완전하지 않은 사람이야. 천천히 조금씩 성화되어 가는 중이야. 나는 공사 중이라고!' 비단 상수라는 사람만의 이야기는 아니겠죠. 우리는 누구나 예외 없이 '공사 중'입니다. 그러므로 겸손해야 합니다. 겸손해야 가장 사람다워집니다.

19 겸손, 나를 내려놓음

우리는 하루에도 수십 번,
아니 수백 번을 용서받아야 하는 사람들입니다.
우리는 자신이 무슨 죄를 저지르고 있는지조차 알지 못합니다.
여기서 겸손의 미덕이 필요합니다.
겸손이야말로 용서를 통해 구원에 이르고자 하는
기독교의 핵심 덕목입니다.

Chapter **20**

삶이라는 말

삶 자체보다
강력한 말은 없다

톤즈의 눈물

이태석 신부님의 삶을 다룬 영화 〈울지 마 톤즈〉에서 잊을 수 없는 장면이 있습니다. 톤즈의 아이들과 엄마들과 노인들이 세상을 떠난 이태석 신부님을 생각하며 눈물을 뚝뚝 흘리는 장면입니다. 세상에서 가장 키가 크다는 사람들의 검고 큰 눈망울에서 떨어지는 눈물이어서 그런지 더욱 잊을 수 없습니다. 먼 타국에서 찾아온 키 작은 한 사람의 사랑 때문에 그들은 눈물을 흘렸습니다. 우리는 이 장면을 보면서 세상을 움직이는 가장 큰 힘은 결국 사랑이라는 사실 앞에 항복하고 맙니다.

카메라의 앵글은 이태석 신부님의 흔적이 가장 많이 남아 있는 '돈보스코'라는 곳을 훑고 지나갑니다. 학교, 병원, 마을…… 그의 손길이 닿지 않은 곳이 없습니다. 신부님이 없는 병원을 여전히 찾고 있는 사람들의 허전한 발길을 비춥니다.

20 삶이라는 말

의사도 없는 병원을 왜 찾느냐고 물으니 한 여인이 대답합니다.

"신부님은 제가 출산할 때 아이를 받아 준 분이에요. 신부님의 죽음을 믿을 수가 없어요."

여인은 신부님이 일하던 병원을 떠나지 못하고 눈물을 흘립니다. 신부님을 떠나보낸 톤즈에는 그리움과 슬픔만 충만했습니다.

영화 〈울지 마 톤즈〉와 더불어 『친구가 되어 주실래요?』라는 책이 많은 사랑을 받았습니다. 이 책에서는 이태석 신부님의 삶과 생각을 만날 수 있습니다. 저는 책을 읽으며 이태석 신부님이 톤즈라는 곳에서 실천과 수행의 시간을 보내고 있었구나, 하나님께로 향하는 시간을 살고 있었구나, 라고 생각했습니다. 책에서 발견한 이태석 신부님의 생각을 한 부분 소개해 보겠습니다.

어느 해 성탄 미사를 드리던 중이었습니다. 망고 나무 아래에 천 명 가까운 사람들이 미사를 드리고 있을 때 한 임산부가 통증을 느끼기 시작해 미사가 끝나기도 전에 아이가 태어났습니다. 이태석 신부님은 간단하게 구유라도 하나 만들어 놓을 걸 그랬다고 생각했습니다. 그렇게 생각하는 순간 또 하나의 생각이 스쳤습니다. 마구간보다 더 초라하고 가난한 사람들이 사는 이곳이야말로 예수님이 기뻐하시는 구유라고 생각했습니다.

그렇습니다. 비참하고 가난한 톤즈 사람들의 삶 속에 예수님의 구유는 이미 녹아들어 있었습니다. 어쩌면 예수님도 이 자리를 가장 먼저 찾아야 할 '참된 구유'라는 사실을 알고 계시리라는 믿음이 생겼습니다. 이태석 신부님은 성탄절에 태어난 아이의 이름을 '임마누엘'이라고 지어 주었습니다. 임마누엘, 세상을 구할 메시아의 이름입니다. 이태석 신부님은 이처럼 가난한 곳 어딘가에서 지금도 계속 태어나고 계실 예수님을 우리가 몰라보는 일이 없기를 기도했습니다.

실천과 수행으로 성경을 읽다

카렌 암스트롱은 책 『신을 위한 변론』에서 종교는 본래 사람들이 '생각한' 무엇이 아니라 '행한' 무엇이라고 말합니다. 인류의 종교 생활 대부분을 이끌어 온 '비결'은 실천과 수행이었다고 합니다. 사람은 실천과 수행을 통해 자신의 영혼을 갈고닦는 한편 타인의 아픔에 깊이 공감할 줄 아는 방법을 일깨운 것입니다. 그러므로 '실천과 수행이 없는 종교'는 운전 교본과 교통 법규집만 읽고 차를 운전할 수 있으리라 생각하는 것과 다름없습니다.

우리는 하나님을 알기 위해 성경을 폅니다. 그런데 성경을 읽는 방식, 아니 성경 속의 하나님을 알아 가는 길은 다른 데 있지 않습니다. 바로 실천과 수행입니다. 이 길은 신비롭습니다. 그 신비 앞에 사람은 마땅히 침묵할 뿐입니다. 그러니 카렌 암스트롱에게 하나님은 '저 너머 어딘가에 존재하는 외적 진실일 뿐 아니라 자기 존재의 가장 심오한 차원과도 일치하는' 분입니다. 인간의 이성으로는 도저히 설명할 수 없는 분, 그러나 삶의 비극과 한계를 초월해 더 깊고 넓은 경험에 이르도록 해 주는 분입니다. 그분은 물에 녹아 보이지는 않지만 물을 짜게 만드는 소금처럼, 눈에 보이지는 않지만 어디에나 계시는 세상의 본질입니다. 모름지기 사람은 그분과 만나기 위해, 또 그분과 하나 되기 위해 자기를 넘어서야 합니다. 이 '엑스타시스'의 경험이야말로 기독교의 진수인지 모릅니다.

『친구가 되어 주실래요?』라는 책에서 이태석 신부님이 성경을 알아 가는 방식이 그러했습니다.

말라리아로 입원한 여섯 살 남자아이가 수수죽 한 그릇을 놓고 아침부터 굶은 아버지와 나누어 먹자고 합니다. 아버지는 안 된다며 아들에게 먹으라고 합니다. 죽 한 그릇을 가지고 아들과 아버지가 옥신각신하느라 오랫동안 죽을 먹지 못했습니다. 이 광경을 보면서 이태석 신부님은 성경의 지혜를 배웠습니다. 가진 것 하나를 열로 나누면 속세의 수학은 가진 것이 십 분의 일로 줄어듭니다. 하지만 하늘나라의 수학은 다릅니다. 하나를 열로 나누었으므로 '천'이나 '만'으로 불어납니다. '오병이어의 기적'도 바로 그런 것입니다.

우리는 가지지 못할 때 예전에 누리던 것의 가치를 깨닫고 감사를 드립니다. 오히려 가진 것이 없을 때 하나님의 지극한 사랑을 느낍니다. 그래서 '보다 많이 가지게 해 달라'는 기도 대신 가끔은 '보다 적게 가지게 해 달라'는 기도가 거룩한 영성을 위해 필요할 수도 있습니다. 없는 것이라고는 없는 한국에서 배우지 못한 교훈을, 있는 것이라고는 하나도 없는 톤즈에서 배운 셈입니다. 이태석 신부님은 이렇게 고백합니다.

> 원래 나는 이런 사람이 아니었는데 마주하는 모든 것 하나하나가 하느님이 주신 구체적인 선물이라는 것을 피부로 느끼는 것이 신기하기만 하다. 그런 걸 보면 많이 가지지 않으므로 인해 오는 불편함은 참고 견딜 만한 충분한 가치가 있는 모양이다.

실제로 한국에 돌아왔을 때 신부님은 철물점에 달려가 못과 경첩을 곧장 살 수 있다는 사실 하나만으로도 감사했고, 마실 수 있는 물 한 그릇에도 감사했습니다. 부족함과 모자람이 가져다준 소중한 발견이 신비로웠습니다. 이 신비를 맛본 사람이야말로 삶을 살아가면서 감사할 줄 안다는 사실을 깨달았습니다. '항상 감사하라'는 성경의 가르침은 이렇게 깊은 신비 속에서 비로소 읽힙니다.

달라 → 같아 → 더해

CCM 가수 '소리엘'의 장혁재 전도사가 찬양 인도를 하면서 다음과 같은 내용의 오프닝 멘트를 했습니다.

그전에는 사람들이 그리스도인에 대해 "예수 믿는 사람은 뭔가 달라"라고 말했습니다. 그리스도인의 삶은 뭔가 달랐습니다. 적어도 그 사람들만큼은 신뢰할 만했습니다. 그래서 '교인'이라는 말이 신뢰를 보증하는 말이기도 했습니다. 그런데 언제부턴가 사람들은 "교회 다니는 것들도 별 수 없이 똑같아"라고 말하기 시작했습니다. "지들도 먹고 살려는 것이지"라는 변호는 오히려 빈정거림에 가까웠습니다. 그런데 요즘에는 그리스도인을 보고 "교회 다니는 놈들이 더해"라고 말합니다.

그리스도인에 대한 평가가 '달라'에서 '같아'로, 다시 '더해'로 바뀌었습니다. 또 다른 변화도 감지되는데, '사람'에서 '것'으로, 다시 '놈'으로 바뀌었다는 사실입니다. '사람'에서 '놈'으로 변하는 사이, '달라'에서 '더해'로 변하는 사이 교회는 한없이 추락했습니다.

추락의 증거는 '말'에 나타납니다. 세상 사람들의 말에도 나타나지만, 그리스도인, 아니 그리스도인이라고 자칭하는 사람들의 말에도 나타납니다. 그들은 더 화려해지고 더 어렵고 더 전문적인 말을 하고 있지만, 말의 무게는 갈수록 가벼워지고 한없이 무기력합니다. 이유는 간단합니다. 성경을 읽는 방식 때문입니다. 실천과 수행으로 성경을 읽는 사람들과 텍스트로만 성경을 읽는 사람들의 차이입니다.

가만히 보면 교인이라는 사람들의 말이 달라졌습니다. 제가 어릴 때만 해도 신앙인은 자신을 표현할 때 무척 조심스러웠습니다. 함부로 예수님을 믿는다는 말을 하지 못했습니다. 그 말의 무게감 때문입니다. 자신을 낮추고 겸손할 수밖에 없었습니다. 그런데 언제부턴가 이상한 느낌이 듭니다. '내가 교회 다닌다는 이유로 손해 볼 필요가 있나?' 하는 생각이 교인이라는 사람들의 말 속에서 느껴집니다. 선민의식에 사로잡혀 예수님을 십자가에 못 박던 바리새인의 얼굴이 보입니다.

저는 설교할 때 구약의 유대인 이야기를 하면서 깜짝깜짝 놀랍니다. 예수님이 신랄하게 비판한 바리새인의 모습이 어쩌면 이렇게도 우리의 모습과 닮았는지……. 서서 보란 듯이 기도하는 모습, 회칠한 무덤이라고 비판받는 모습, 선민의식에 빠진 모습 등. 박해를 받던 교회가 어느 순간 기득권을 쥐게 되고, 서서히 그 기득권을 지키고자 변질되는 것이 자연스러운 순서처럼 보입니다. 한국 교회는 참 빠르게도 그 순서를 따르고 있습니다. 그렇다면 결론은 뻔합니다. 우리 앞에는 슬픈 미래가 놓여 있습니다. 실천과 수행, 다시 말해 삶이라는 내용을 가지지 못한 말이나 교리는 허무합니다. 모래성 같이 무너지게 마련입니다.

성경에서

새 계명을 너희에게 주노니 서로 사랑하라 내가 너희를 사랑한 것 같이 너희도 서로 사랑하라 너희가 서로 사랑하면 이로써 모든 사람이 너희가 내 제자인 줄 알리라(요 13:34~35).

예수님께서 최후의 만찬 자리에서 하신 말씀입니다. 요한복음에는 다른 복음서와 달리 최후의 만찬 장면 앞에 '세족' 장면이 삽입되어 있습니다. 예수님은 시몬 베드로가 "주여 주께서 내 발을 씻으시나이까?" 하고 놀라며 묻자 "내가 하는 것을 네가 지금은 알지 못하나 이후에는 알리라"라고 대답하십니다. 베드로가 재차 "내 발을 절대로 씻지 못하시리이다" 하고 맞서자 예수님은 "내가 너를 씻어 주지 아니하면 네가 나와 상관이 없느니라" 하고 더 강한 어조로 베드로의 의지를 꺾으십니다.

이러한 실천과 수행의 삶이야말로 우리와 예수님의 관계를 이어 주는 끈입니다. 최후의 만찬은 이제 가룟 유다의 배신 이야기로 넘어갑니다. 그다음 하신 말씀이 위의 본문입니다. "서로 사랑하라 내가 너희를 사랑한 것 같이 너희도 서로 사랑하라."

저는 요한복음의 전개 방식을 실천과 수행으로 계명을 완성해야 한다는 메시지로 받아들입니다. 누리고 섬김을 받는 권력이 아니라 희생하고 봉사하는 것, 배신하는 것이 아니라 믿고 따르는 것, 이것이야말로 사람을 살리는 사랑의 내용입니다.

공자 저, 김형찬 역,『논어』, 홍익출판사, 2016.

데비 애커먼 저, 전의우 역,『가장 힘든 일 기다림』, 규장, 2015.

롭 켄들 저, 박다솜 역,『왜 그때 그렇게 말했을까?』, 길벗, 2015.

바버라 에런라이크 저, 전미영 역,『긍정의 배신』, 부키, 2011.

박도식 편저,『가톨릭 교리 사전』, 가톨릭출판사, 2012.

빅토르 위고 저, 정기수 역,『레미제라블』, 민음사, 2012.

이수호 저,『예수, 학교에 가다』, 두리미디어, 2001.

이순신 저, 송찬섭 역,『난중일기』, 서해문집, 2004.

이태석 저,『친구가 되어 주실래요?』, 생활성서사, 2010.

카렌 암스트롱 저, 정준형 역,『신을 위한 변론』, 웅진지식하우스, 2010.

헨리 나우웬 저, 최종훈 역,『탕자의 귀향』, 포이에마, 2009.

현경 저,『연약함의 힘』, 샘터, 2014.

추모의 글

언제나 앞장서던
친구에게

영범아, 그때 왜 줄을 세우고 있었니? 1978년 신학과 입학생들 면접 때 말이다. 나는 그때 네가 선배인 줄 알고 너한테 존대했던 기억이 난다. "저 신입생인데요?" 그랬더니 당연히 선배라고 생각했던 네가 "나도 신입생이야, 말 놓자." 그랬지.

그때부터 너는 늘 모든 일에 앞장섰고, 대장이었어.

영범아, 그때 왜 그렇게 당당했냐? 경찰서에서 조사받을 때 말이다. 경찰의 강압적이고 살벌한 눈빛에도 두 눈 부릅뜨며 당차게 소신을 주장했던 그때 말이다. 나는 민주화의 봄을 위해 앞장서는 네가 나의 친구라는 것이 자랑스러웠다. 대전역 광장 기억나지? 많은 감시와 낯섦에도 집회를 주도하며 부르던 노랫소리는 지금도 쟁쟁하다.

그때도 너는 두려움이 없는 민주화의 대장이었다.

영범아, 그때까지 왜 쉬지 않았니? 학생운동 하면서, 기독청년운동을 할 때도, 문화운동과 감리회 교단의 개혁을 위한 그어떤 일에도 너는 덩치만큼 무게감이 있게 앞장섰었지. 나중에 알았지만, 네가 연세대학교 박사학위 과정 중이었다는 사실은 적잖은 충격이었다. 네 청춘다움이 부러웠기도 했지. 후배들에게도 너는 '말 잘 들어 주고 밥 잘 사 주는 형'이었어. 누구보다 따뜻한 가슴으로 후배들을 위해 앞장섰던 사람이 너였다고 지금도 기억하고 있다.

그때부터 너는 영원한 청년이었고, 후배들의 대장이었다.

영범아, 그때 왜 산에 갔냐? 누구보다 긍정적인 너에게 부정적인 생각으로 하는 말은 아니다. 그런데 말이다. 지금도 가장 속상하고 이해할 수 없는 것이 그날의 상황이었다. 그 후, 나는 지난 1년 동안 운전하다가도 가끔씩 눈물을 흘린다. 나는 너와 둘이 아닌 하나였다고 생각하고 있다. 사람들이 그러더라. 마누라보다 더 오랜 시간 함께한 동지이자 환상의 짝꿍이었다고. 20대에 만나 60대까지 함께했으니 너는 나고 나는 너였지 않았냐? 지금 나의 한쪽 가슴은 텅 비어 있다.

지금까지 너는 나의 대장이고 동반자였다. 영범아, 그렇게 모든 일에 앞장서더니 하나님 나라도 앞장서서 갔구나? 가서 우리를 위해 또 준비하겠구나? 너는 거기서도 주도적으로 살면서 행복하게 잘 있으리라 믿는다. 그래서 너와 영혼의 단짝이라고 불린 나는 네가 없다고 생각하지 않는다. 지난 1년 동안 가슴이 구멍 난 것처럼 횅했지만, 지금도 나는 너와 함께하고 있다고 믿는다. 대장! 고마웠다. 그리고 지금도 고맙다. 다시 또 만나자.

유영완 목사(하늘중앙교회 담임목사, 전 충청연회 감독)

잿빛으로 잔뜩 찌푸린
오늘의 하늘

인적이 끊긴 등산로에는 언제나처럼 낙엽이 구르고 있구나. 하늘나라로 가는 날 너와 함께했던 목원대학 동문산악회 회원들은 이번 달에도 어김없이 진안 내동산으로 2019년 첫 등산을 간다. 오늘도 모든 일상이 평온하게 지나는구나. 자연에서 왔으니 자연으로 돌아가는 것이 만고의 진리이지만 영범이를 생각하면 참으로 가슴이 아프다.

대학 시절 너는 참 천진했고, 남자지만 예쁘장한 미소년이었다. 그랬던 미소년이 주름이 늘어 가고, 누구도 피할 수 없는 세월 앞에 쇠약해지고, 천식으로 가쁜 숨을 몰아쉬는 중년의 남자로 변하는 모습을 마주하게 되었다. 세월이 참으로 모질구나.

너와 나는 박정희 유신 독재를 끝장내자는 1980년 학원 자율화와 전두환 · 노태우의 12 · 12 군사 반란의 시대적 광풍을 벗어날 수 없었다. 군부의 쿠데타를 용인해 박정희의 독재 악몽을 조국에 세습시키면 안 된다는 시대적 요청 앞에 지식인으로서, 종교인으로서 사명감을 품고 살아왔던 것 같다. 시대의 아픔을 간직한 채 살아왔지만 현실 속 민주주의는 너무도 느리기만 했고, 그래서 울분을 삼키고 한숨을 내쉬며 너도 나처럼 살았을 것이다.

목회자의 신분으로 하느님께 많은 짐을 맡겼다고는 하지만 우리의 짐은 너무도 무거웠다. 너의 심장에 쌓였을 무거운 짐과 고통을 생각하면 가슴이 미어진다.

민주 정부의 탄생을 위해 군부 독재와 벌인 6월 민주 항쟁으로 대한민국 전체가 말 그대로 전쟁터를 방불케 했다. 너 또한 치열한 항쟁의 시대를 회피하지 않고 당당하게 광풍을 온몸으로 맞으며 견뎌 왔지. 우리의 젊은 날은 너무도 처절했다.

동지들은 광풍의 시대를 극복하고 승리의 환희로 희망찬 내일을 꿈꿨지만, 여전히 풀리지 않는 응어리를 폐부에 담고 살아왔을 거야. 가슴에 쌓인 신념과 열정, 그리고 한(恨)이 너의 심장에 병으로 남았구나.

민주주의의 성지 망월동에 너를 보내며 이제 나도 마음을 놓는다. 그곳은 생전에 교분을 나누던 김의기 열사, 오원진 형님, 그리고 너와 신념을 같이한 모든 동지가 함께 있고, 더 이상 고통 받지 않는 아름다운 세상이라고 생각한다.

친구야! 나도, 유영완 감독도 언젠가 네 곁으로 갈 거야. 친구를 다시 만나는 날 우리의 허물을 묻지 말고 따뜻하게 받아주게나. 산내 재복이 자취방에서 먹었던 따뜻한 밥 한 끼를 다시 먹고 싶네.?함께 불렀던 〈홀라송〉도, 〈광야에서〉도, 〈임을 위한 행진곡〉도 목이 쉬도록 불러 보자.

김영범 친구야! 동지야! 사랑한다!

편히 쉬어라.?

김병국 (목원대학교 총동문회 회장)

243

참 닮고 싶은
사람이었습니다.

　김영범 목사는 山이 좋아서 그 엄동설한에 山에 올랐을까
요. 山이 좋아서가 아니라 사람이 좋아서, 사람을 만나야 했기
에 山에 오른 것이지요.

　그는 5·18 광주 민주화 운동 유공자인지라 과격한 운동권
으로 보는 사람들이 많지만, 불의한 일에 대해서만 불같은 사
람이었습니다. 엄혹한 유신 시대, 암울한 5공 시대, 문민정부,
국민의 정부, 참여정부 시대를 지나 이른바 '이명박근혜' 시대
까지 예수의 시선이 갈만한 곳에는 늘 함께하려 한 사람이었
습니다.

　저는 가끔 그의 모습에서 성전 마당에 속된 것을 뒤엎으신
예수의 모습을 보았습니다. 하지만 김영범 목사는 실제로 여
리고 따뜻하고 눈물 많은 사람이었습니다. 그는 천생 목사였
습니다. 약자의 목소리를 경청할 줄 아는 사람이었고, 약자의
현장에 동석할 줄 아는 사람이었습니다. 생각이 다른 사람과
도 잘 어울리는 포용과 관용의 사람이었고, 솔선수범으로 희
생적 리더십을 발휘하고 남몰래 베풀 줄 아는 사람이었습니
다. 선배를 존경하고 후배를 사랑하며 친구의 심부름꾼도 마
다하지 않는 참 닮고 싶은 사람이었습니다.

　일 년 전 이맘때 그는 우리 곁을 떠나 지금은 여기에 없습니

다. 그러나 눈에 보이지 않을 뿐, 시간이 지날수록 우리 안에 더 깊숙이 자리하고 있습니다. 육중한 몸은 한줌의 재로 떠나보냈지만, 진중한 삶은 우리 안에 늘 숨 쉬고 있는 듯합니다.

오늘따라 그가 더 보고 싶습니다. 아름답고 부드러운 목소리를 듣고 싶습니다. 하지만 그럴 수 없으니 그저 마음에 묻고 미래의 상봉을 바랄 뿐입니다.

편히 쉬소서. 편히 잠드소서.

김홍선(안산명성교회 담임목사, 목원포럼 회장)

다음 주쯤 번개 모임에서
다시 만날 것 같은 사람

　제가 김영범 형을 처음 만난 곳은 학교 앞 밥집이었습니다. 1980년은 민주화 바람과 학내 문제로 모든 것이 어수선하고 복잡한 시기였습니다. 군부 세력은 이미 정권 장악의 시나리오를 완성한 시기였을지도 모릅니다.

　그날 저는 밥집 구석에서 언제나처럼 술을 마시고 있었는데, 귀를 의심케 하는 노랫소리가 들려왔습니다. 그 노래는 고등학교 1학년쯤 일요일에 하는 현장 노래 프로그램에서 처음 알게 되었습니다. 어느 공단의 여성 노동자들이 둥그렇게 모인 자리에서 당대의 스타 가수 송창식 씨가 기타를 치며 노래를 시작했는데, 저는 그 가사와 음률에 푹 빠지고 말았습니다.

　그 후로 무슨 노래인지 알고 싶어 온갖 노력을 했지만 알 수 없었습니다. 그런데 그 노래가 밥집의 방 안에서 들렸습니다. 저는 노랫소리를 쫓아갔습니다. 그 자리에는 여러 사람이 모여 회식을 하고 있었고, 인상 좋은 어떤 사내가 감정에 취해 노래를 부르고 있었습니다. 저는 슬그머니 자리에 합류했는데, 아무도 신경 쓰지 않더라고요.

　그 사내에게 물었습니다.

　"이 노래가 뭐요?"

　인상 좋은 사내는 제 물음에 대답은 안 하고 웃으면서 같이 밥을 먹자고 권했습니다. 저는 냉큼 얻어먹으며 다시 물었습니다. 사내는 너털웃음을 지으며 제 어깨를 토닥였습니다. 정말 궁금하지만 꾹 참고 그냥 밥만 먹기로 했습니다. 자리를 마치면서 사내는 제게 말했습니다. 내일 음악관 지하로 오라고. 그곳은 탈춤반 연습실이었죠.

세월이 지나 사내가 세상을 떠났다는 충격적인 전화를 받았습니다. 허탈한 마음에 장례식장을 찾았고, 사내는 여전히 인상 좋게 웃고 있었습니다. 5·18 묘역에 사내를 묻고 돌아오는 차 안에서 저는 수없이 그 노래를 불렀습니다. 비로소 사내를 잃는 아픔이 올라왔습니다. 네 번쯤 노래를 부를 때 눈물이 흐르더군요. 문득 문득 사내의 털털한 웃음과 덕담도 들리고요.

그 사내의 이름은 바로 처음에도 밝혔듯이 김영범입니다. 다음 주쯤 번개 모임에서 다시 만날 것 같은 사람…….

탁영호(만화가)

형의 넓은 품에
안기고 싶습니다.

"형, 그러다가 죽겠어요."

이 말을 꼭 하고 싶었는데……. 무슨 일이든 마음에 꽂히기만 하면 몸도 안 돌보고, 시간도 안 보고, 사람조차 안 보며 그저 그 일에 온몸을 던져 버리는 형에게 꼭 하고 싶은 말이었는데…….

형 때문에 많이 아팠습니다. 많이 원망스러웠지요. 형도 저 때문에 많이 아프셨죠? 정말 미안합니다. 이 말을 하고 싶었습니다. 언젠가는 꼭 무릎이라도 꿇고 손이라도 모으고 아프게 해서 미안하다고 말씀드리고 싶었습니다. 그러면 철없던 시절에 저에게 그랬던 것처럼, 괜찮다며 이리 오라고 두 팔을 활짝 벌려 주시면 그 넓은 품에 안겨 한껏 울고 싶었습니다. 야속하게도 제게는 그럴 기회조차 주지 않고 이렇게 먼 길을 떠나셨네요. 이 땅에서는 영영 다시 만나지 못하게 되는 건 아닐까 두려웠는데, 그 두려움이 현실이 되어 버렸습니다.

어제 형 먼 길 가셨다는 황망한 소식을 듣고 후배가 글을 보내왔지요. 어찌 이런 일이 있냐고……. 지난해에는 전화해서 아동센터 아이들 놀이동산에도 보내 주고, '푸른학교'에 김장도 가져다주면서 '너 참 잘한다'고 등도 두드려 주셨는데……. 그 굵고 부드러운 목소리와 두툼하고 따스한 손길이 아직도

추모의 글

생생히 남아 있는데 어찌 이럴 수 있냐고…….

그 후배에게 왜 그렇게 하셨는지 저는 알지요. 그게 형이었으니까. 겉으로는 덩치만큼이나 무뚝뚝해 보이지만 속은 한없이 여리고 향기로운, 딱 어머님의 마음을 닮았으니까. 형은 그런 사람이었으니까. 향기를 속으로 품고 있는 사람.

"이제 일 그만하세요. 그러다가 죽겠어요." 이 말을 진작 해주고 싶었는데 할 수 없었어요. 내가 그러면 더 힘들고 아파하셨을 테니까. 이게 하나님 뜻이었나 봅니다. 이제 거기서는 할 일이 없으시죠? 거기는 이 세상처럼 무거운 책임감과 사명감을 가지고 온몸을 던져야 할 그런 어둠도 없고, 불의도 없고, 흠결 하나 없을 테니까요. 이제는 편안하셔야 해요. 이 세상에서 그토록 마지막까지 청년으로 치열하게 사셨으니 말이에요.

거기서는 주님 앞에 앉아서 옛날 목동 자취방에서, 유성궁동 꿀림방에서 통기타 잡고 〈사노라면〉 〈타는 목마름으로〉 〈군중의 함성〉을 연거푸 부르며 해맑게 웃으시던 모습으로, 대전제일교회 앞마당 수많은 감청 동지들 앞에서, 대전역 광장 수천 수만의 군중들 앞에서 오른팔을 치켜올리며 광주 출정가를 부르던 멋진 모습으로 주님 앞에서 찬양할 일밖에 없겠지요. 그러면 우리 주님도 박수 치며 환한 웃음으로 함께 따라 부르실 테고요.

광주로 가시는군요. 형은 충분히 그럴 자격 있습니다. 젊은 날, 해마다 5월 그날이 오기만 하면 열병에 걸린 것처럼 광주의 아픔을 함께 아파하며 불같은 의분을 토하셨지요. 살아남은 자로서 반드시 광주의 진실을 밝히고, 정의로운 역사의 심판을 이루고, 이 땅에 민주화와 통일을 이루겠다고 다짐하던 당신은 광주 민주 영령들과 함께 계실 자격이 있습니다. 기나긴 세월이 흘러 벌써 5월의 그날이 빛바랜 역사가 되어 버린 지금, 아직도 내 친구 영완이가 5183 번호를 쓰고 있다며 은근 자랑하시던 당신은, 제가 통장 비밀번호로 5518을 쓰고 있다며 대견해하시던 당신은, 진정 광주 민주화 영령들의 영원한 동지이며 형제이기 때문입니다.

이제 이 땅의 동지들은 각자 삶의 자리로 돌아가고 금선 형수와 민겸이만 남겠네요. 그래도 우리는 형 덕분에 해마다 5월이면 망월동에 가서 의기 형도 만나고, 영범 형 무덤 앞에 둘러앉아 따스한 햇살 아래 세상 살아가는 이야기도 나눌 수 있겠네요.

이 땅에서 고민 많고 아픔 많던 형은 가고 이제 형의 향기만 남았습니다. 이 못난 후배는 오직 형의 그 향기만 품고 살아가겠습니다. 그렇게 살다 보면 언젠가는 다시 만날 날이 오겠지요. 그때는 제가 형의 넓은 품에 안길 수 있으면 좋겠어요. 그때 가면 말할 수 있을까요. 형, 고마웠습니다. 미안합니다. 그리고…… 그래도 사랑했습니다.

이종명 (송악교회 담임목사)

추모의 글

말,
영혼을
울리다

초 판	1쇄 발행 2019년 2월 15일
지 은 이	김영범
펴 낸 이	한승수
펴 낸 곳	문예춘추사
편 집	한진아
교정교열	박일귀
마 케 팅	박건원
디 자 인	홍시

등록번호	제300-1994-16
등록일자	1994년 1월 24일
주 소	서울시 마포구 동교동 27길 53 지남빌딩 309호
전 화	02-338-0084
팩 스	02-338-0087
이 메 일	hvline@naver.com

I S B N 978-89-7604-379-5 03810